東京ゲスト・ハウス

角田光代

河出書房新社

目次

東京ゲスト・ハウス

成田についてすぐしたことは、マリコに電話をかけて迎えにきてくれるかどうかたしかめることだった。帰国日時を告げる葉書を送っていたから、正直なところ、到着出口をくぐったらその人込みにマリコの姿があるのではないかとぼくはなかば期待していて、自動ドアを出てしばらく、人のごったがえすロビーであちこちあたりをうかがった。仕切りのポールの向こうには迎えにきた人々が人待ち顔で突っ立っており、きょろきょろしているぼくを押しのけるようにして帰ってきた人たちが出口からあふれ、やがてそこいらじゅう、再会の歓声で満ちあふれはじめたのだが、もちろんマリコの姿はなかった。

成田に向かう飛行機のなかでマリコに電話しようと何度も思った。あまりにくりかえし思いすぎて、その一言は呪文みたいに胸のなかでくるくるとまわっていた。自分がどこへ向かっているのかいまひとつ実感できなかった。飛行機のなかにいるんだということも、今太平洋の上空あたりにさしかかっているということも現実味を持って感じられなかった。タイムマシンに乗せられているようでもあり、体がようやく入る小さな段ボールに入っているようでもあった。金がないということがよけい、すべての現実味を薄っぺらくしていた。眠ろうとしても眠ることはできなかった。そんななかで、とにかく、この乗りものをおりて地上に足をつけたらマリコに電話をしよう、そう考えるといくぶん気分が落ちついた。短パンの尻ポケットには百円玉と十円玉が何枚かずつ入っており、十円玉を二、三枚取り出しては指でなで、このちっこい汚いコインがぼくとマリコをつないでくれるのだと思うと安心した。マリコとつないでくれるというのはつまり、帰ってきた、ということだった。帰ってきたことを世の中や空気やかたちのあるものないものすべてに認められた、ということだった。

移動をしているあいだ、数か月でこんなことを思うのは馬鹿げていると思いながら、それでも、ひょっとして自分には帰るところなんてないんじゃないかと幾度も考えた。足跡とともにぼくの気配がすべて消えてしまって、よく知っているあの場所に帰ったとしても、だれもぼくを覚えていない。だれもぼくを待っていない。話している言葉は聞きとれるけれどそのどれもぼくに向けられていない。ああ帰ってきたと思える場所がどこにもない。だとしたらそれは、帰る、ではなくて、いく、の続きだ。いく、進み続ける、というのはたしかに魅力的だけれど、それが魅力的なのは帰るところがあるからじゃないの、と続けて思うのだった。

マリコの電話番号を完全に忘れていた。三回かけて三回とも間違え、ようやくアドレス帳を出して、薄汚れたそのページと照らしあわせながらひとつひとつ、ていねいにボタンを押す。しかし出たのは先ほどの三回と同じく、間の抜けた男の声だった。ぼくはあわててあやまり、おそるおそる、その男に番号をたしかめてみた。番号は間違っていなかった。マリコの名前を出してみた。はあー、マリコは出かけてますよう—、と、電話の向こうで男は言った。あなたはだれですか？　とぼくは訊いた。島崎です、と男は答えた。男の名前など聞いてもしかたないことに、その聞き覚えのない名字を耳にして気づいた。しばらくの沈黙があった。十円玉が機械に飲みこまれる音がいやに近く聞こえる。一瞬のうちに百ぐらい質問を思いついたのだが、それほど十円を持っていなかったので、たった一つだけぼくは訊いた。どうしてマリコの家に島崎さんがいるんですか？　男はあいかわらずのんきな口調で、あーここ、マリコの家じゃないです、ぼくの家でもあるんですよねー、と答え、電話機が最後の十円信号を出してきた。あと数秒話していることは可能だったが、そりゃあどうも失礼しましたと言ってぼくは電話を切った。耳から離した受話器から、さようならーという男の声が聞こえた。マリコの電話番号を完璧に忘れていたわけではなかったのだと、へんなところで感心した。

最上階にある売店でそばとビールを買って、そっけない長テーブルでそれをすすりながら、マリコに恋人ができてたマリコに恋人ができてたと何度も胸のうちでくりかえした。背中合わせのうしろの席では、スーツケースを足元においた女二人が夢中で話している。どしゃぶりみたいにうるさかった。彼女たちはガイドブックを片手に、英語の練習をしあっては笑っているのだ。試着してもいいですか、は？　キャナーイトライイットオン？　もう少し大きいサイズをください、は？　ギミーワンモアサイズ？　違うって、ぎゃははは、そんな感じで、いっこうに静まらずいっこうにやめようとしない。しかしそれは今のぼくには救いだった。彼女たちのうるささの合間をぬって、マリコに恋人ができてたとくりかえし続け、結局、そりゃあできるよなあ、ぎゃははは、という気分にいつしかなっていた。

マリコはぼくが見てかわいいと思うのだからその他五万人ぐらいの男が見たってかわいいと思うのだろうし、五万人のうち五十人くらいは実際マリコと接する機会を持つだろう、そのなかで十人や二十人はきっと声をかけるに決まっている、いやシャイな男ばかりだったとしても、一人や二人は声をかけるだろう、人が恋をするなんてじつに簡単なことで、一日あれば充分、しかもぼくは半年以上マリコの世界にいなかったわけだから、百八十回以上は恋ができるということになる。百八十人の恋人を作っているより、たった一人と恋をして、それを深め、一緒に暮らしているほうが、じつになんていうか、誠実なことではないか。アイルテーキットプリーズ、そうそうぎゃはははは。そこいらじゅうの空気を振動させ続ける彼女たちの笑い声は完璧にぼくを侵食し、そうだそうだ、ぎゃはははは、恋万歳、マリコ万歳、島崎万歳、そんなことまで思っていた。

しかし実際問題として、この成田空港から都内へ戻る金がなかった。それから、なんとか都内へ戻ることができたとしても泊まる場所がなかった。背後の女たちは立ち上がり、ハリアップハリアップぎゃはははは、と口々に叫びつつ去っていき、できることなら彼女たちの巨大なスーツケースに入れてもらって、どこへだか知らないが一緒にいってしまいたかったが、もちろんそんなことは考えるだけ無駄である。

彼女たちが笑い声とともに去ってしまうと、次第に問題は深刻化してきた。静まりかえったフロアでぼくは背をまるめ、アドレス帳を一ページずつ丹念に見ていった。

思い当たる最適人物は暮林さんだった。ネパールのカトマンズからポカラまで一緒だった女の子で、何ごともなければとっくに帰っているはずである。暮林さんだったらこの状況をわかってくれるだろうし、迎えにきてくれるかもしれない。そして何ごともなければ今晩の宿まで手に入れることができる。

暮林さんは二十六の女で、ぼくたちはカトマンズのホテルの屋上で会った。一週間くらい一緒に過ごした。ほかの旅行者と一緒のときが多かったが、ぼくたちは何度か二人で酒を飲んだ。一軒家に住んでいるのだと暮林さんは言っていた。おばあちゃんが住んでいたんだけど、死んじゃって、今は私がただ同然で住んでるの。ずっとまえはおねえちゃんも一緒だったんだけど、結婚して、今は私一人。ホテルの客引がむやみにくれる名刺の裏に、その家の間取りを描きながら暮林さんは話した。平屋の、襖で区切ってある部屋がいくつもくっついたようなめちゃくちゃな間取りの家だった。いいなあ、一軒家、とぼくが言うと暮林さんは顔をあげ、もし旅行から帰って泊まるところがなかったら、泊まりにきていいよ。ネパール価格で、一晩三百円で泊めてあげるよ。温水シャワーとトイレと冷暖房つき、朝ごはんはなし、それからほかのサービスは含まれてません。そう言って暮林さんはいやらしい顔をして笑った。

そして三時間後、暮林さんは本当に迎えにきた。待っているあいだ、自分が生まれて二十五年も過ごしたこの場所で、今知っている人、言葉の通じる人は暮林さんしかいないような気持ちになっていた。未来という言葉は大袈裟だけれど、とりあえず、今日からずっと続いていくのだろう日々のなかでたよりになるのは暮林さんだけであるような。斜めまえにあるTVは中国から密入国した人々のニュースを流していて、自分もその一人になった気分を味わっていた。

到着ロビーの喫煙所で待っていたぼくのまえにあらわれた彼女は、ぼくが知っている暮林さんより少々おとなびていて、清潔そうで、金持ちそうに見えた。しかもミニスカートをはいていて、ぼくは必要以上に緊張した。

ひさしぶりー、と言って暮林さんはぼくの腕やら肩やらをべたべたとさわった。

「なんか、くさーい。地下鉄の駅のにおいがするよー」

暮林さんはそう言って大声で笑い、少しだけ緊張をとくことができた。

暮林さんの家に向かうあいだ、自分が湯葉になったみたいだった。地に足がついておらず、薄っぺらくて、感触がなかった。電車の窓から平べったい緑の田んぼや、黒い瓦屋根が連なる光景を見ても、なつかしいと一言で言えない奇妙な感情だけが漂うようにあふれてきて、何を思ったらいいのか迷っていた。迎えにきた暮林さんは隣の座席で眠ってしまい、ぼくは彼女が買ってくれた缶ビールをすすりながら、ミニスカートから伸びる足や、切りそろえられた手の爪なんかを盗み見た。

　旅先で暮林さんと会ったとき、ぼくは非常にうちひしがれていた。タイからネパールに入ったのだが、ネパールはぼくが訪れたアジアの数か国とは明らかに違っていた。空港を出たとたん、何か違うと感じた。タクシーに乗って市内へ向かううち、その違いは徐々に明確になってきて、戸惑っていた。貧しさという点でいえば格段に貧しい国だった。舗装された道路はなく、あちこち意味不明に掘り起こされている赤土の道はでこぼこで、新しい、もしくは背の高い建物は一つもなく、服も靴も身につけていない子供が鼠の屍骸で遊んでいた。土埃が舞うその貧しい町の遠く彼方に、雪をかぶった山が見えた。連なる山脈は折り重なった雲のようだった。山の中腹はかすんで見えず、淡い雲の上にくっきりと、白い尾根が走っているのだった。それは貧しく乾いた町に豊かな金色の光が降り注いでいるかのように、強力で神秘的だった。

何か違う、ものすごく違う、その感覚に溶けこめないまま数日が過ぎ、さらに困惑したのは、ネパールの人々の表情がまったく読めないことだった。彼らはインド系の顔立ちをしている。彫りがやたら深く、色黒で、目玉がぎょろりとしている。ぼくがそれまでまわっていた国の人々は、自分と近しいアジア顔だった。のっぺりしていて、あっさりしていて、つまり感情が読みとりやすい。あたりまえの違いではあるが、東南アジア顔に慣れすぎていたぼくには、次々と近づいてくる色黒彫深ぎょろ目系の男たちが何を思っているのかさっぱりわからなかった。タイやマレーシアでなら、声をかけてきた男が何かしてくれようとしているのか、何か奪おうとしているのか、親しくなりたいのか、利用したいのか、自分なりの基準で判断することができ、それはかなりの的中率だった。しかしその基準が何一つカトマンズでは通用しなかった。

人を見る基準が皆無である、というのは、かなりのストレスである。人のよさそうな青年に誘われて有名な目玉寺にいってぼられたり、眼光鋭いおやじにしつこく酒をすすめられ、だまされるまいとがんばって冷たくあしらい、結局おやじはただおごりたかったのだと気づいたり、そういうことの連続にまったく動じない太い根性の持ち主、もしくは旅慣れて動じないことを学んだ人々もいるのだろうが、ぼくはだめだった。根性も太くなく、旅慣れてもいない。いちいち落ちこみ、反省し、罵倒し、愚痴をこぼし、そんなことをくりかえしているうち、だんだん疲れきってくる。帰りたいとは思わなかったが、だれとも話したくなく、どこもいきたくなく、何も信じられず、ことごとんつまらなくなっていて、そのことでさらにショックを受けた。自分がそんな、世を拗ねた亀状態になってしまったことが信じられなかった。結局ぼくはどこにも出かけなくなった。毎日ホテルの屋上にあがり、あちこち崩れたコンクリートの上に膝を抱いて座り、遠く見える山々をぼうっと眺めて日々を送っていた。

そんなときひょっこり屋上にやってきたのが暮林さんだった。暮林さんは体育座りのぼくに屈託なく話しかけてきた。ねえねえいつからいるの？　どこまわってきたの？　ここにはどのくらいいるの？　おいしくて安い食堂知ってる？　今いくつ？　名前なんて言うの？　人を疑うことや、自分を体裁よくとりつくろうことや、世の中に落ちこんでいる人がいるなんてことをまったく知らずに育った、田舎のいとこみたいな話しかただった。ホテルの男がいれてくれる、濃いミルク紅茶を飲みながら、ぼくたちはずっと屋上で話しこんだ。

次の日暮林さんはピクニックにいこうとぼくを誘いにきた。朝の六時ごろだった。のそのそと起き出すと、彼女はホテルの調理場を借りて米を炊いていた。米が炊きあがるまでのあいだ、ぼくに手伝いをさせ、暮林さんはたまご焼と、鶏から揚げをつくった。いつも紅茶をいれてくれる男が、調理場の隅でガンジャを吸いながらその様子を興味深げに眺めていた。

いろいろと手間取って結局ピクニックに出発したのは十時ごろだった。メンバーは七人で、みな暮林さんが誘った面々だった。カップルの日本人、ひとり旅の日本男、ひとり旅のドイツ男、近所のホテルで働くネパール人の若者で、広大な公園の芝生の上、ぼくらは握り飯を食べたまご焼を食べた。ものすごくよく晴れた日だった。山々の輪郭がくっきりと空にそびえていた。握り飯の中身は鮭と梅干とそぼろだった。たまご焼はほんのりと甘かった。ドイツ人は海苔をこわがっておそるおそる口にしていた。いったい何を話していたのか覚えていないが、世界がもう終わってしまうのではないかと思うほど、腹を抱え涙を流しのたうちまわって笑い転げ、日が暮れてもそこにいた。長い長いピクニックだった。

　暮林さんの家は都心からずいぶん離れた、東京都のはしっこにあり、最寄り駅から十五分ほど歩いた場所にあった。近くには竹林があり、畑があり、無人野菜売場があった。そして暮林さんの家は、ひどくボロかった。木造の平屋で、十坪ほどの庭には幹の立派な木が一本立っている。トタン屋根が今にも右へとかしいでいきそうなほどのボロ家で、外壁の板は腐りはじめているんじゃないかと心配にすらなった。引き戸を開けてなかへ入っていく暮林さんに続いて家にあがると、湿気たような黴びたような、老人くさいにおいがした。玄関をあがりすぐ右隣が居間だった。暮林さんに招かれて居間に入る。歩くと畳がべこべことへこんだ。

居間は思ったよりモダンで、なるほど二十六の女が選んだのだと納得できるような家具が配置され、壁には額に入った明るい色彩の絵や、ポストカードが飾ってあった。居間と台所の仕切りにはのれんがかけられ、暮林さんはその向こうに消え、続いて水の流れる音が聞こえた。暮林さんの声が水音に重なる。

「覚えてる？　私が描いた間取り。あのね、部屋見てみて、どこでもいいから決めて。一番奥の部屋と、その向かいはだめ。あとはどこでもいいからね」

デイパックをおろして、家のなかを歩きまわってみた。家はL字型になっていて、細かく襖で区切られているから絵にすると複雑だが、歩いてみるとそうでもない。L字型に沿って部屋がある旅館みたいだった。八畳を無理にしきって四畳ずつの部屋になっていたり、一つの部屋に二つ出入り口があったりし、注意深く数えると部屋数は六つだった。台所の向かいに八畳の部屋があり、泊まっていいと言われたうちそこが一番広かった。うっすらと陽がさしこみ、暗い印象はないがひんやりとしている。

居間に戻るとちゃぶ台に湯呑みが二つ置いてあった。

「なんか旅館みたいなところだね」

まだ台所にいる暮林さんに声をかけると、そうなのー、と声が返ってきた。

「おばあちゃんね、旅館したくて、この建物違法建築らしいんだけど、こんなの建てちゃったんだよね。でも結局できなかったんだ、許可がおりなかったらしくて」

言いながら暮林さんは煎餅の袋を持って居間に入ってくる。

「違法っていっても、私そういうのぜんぜん知らないんだけど、昔の話で、今は平気、だれも何も言ってこないからね」

「八畳あるでしょ。真ん中の部屋。あそこ借りようかな。借賃同じ?」

「ああ、あそこね」暮林さんは皿に煎餅をぶちまけるようにして並べる。「おばあちゃんが死んだ部屋だけど、そういうの平気よね?　値段はどこも同じでいいよ。まえ言ったとおり」

暮林さんの向かいに腰をおろし、しばらく湯気をたてる湯呑みを見つめ、

「やっぱ玄関わきの四畳半にする」ぼくは言った。

「そう？　私たちが生まれる前、おばあちゃん下宿屋やってたのよね、旅館できなかったから。次第に下宿する人もいなくなったって話だけど。あーでもねー、おばあちゃん、眠るように死んだから大丈夫だと思うけど。怨念系とは無関係だよ。いいの？　四畳半で」

「うん、いいいい、夜遅く帰ってきてすぐ部屋って、そのほうがいいしね」

　ぼくは言って茶をすすった。

「台所勝手に使ってね。冷蔵庫にものしまうとき、名前書いておいて。トイレとお風呂はつきあたり。トイレ純和風だけど、お風呂追い焚きできるから。それからね、電話は廊下にあったでしょ、あれ、話し終えると料金教えてくれるの、その金額をわきにある貯金箱に入れておいてね。えーと、あとはー、あ、そうそう、まえ言ったとおり一泊三百円。ごはんはなし。それからねー」

　暮林さんがひとつひとつ思い出すようにしながら、この家の宿泊条件をあげていくあいだ、無性に眠たくなってきた。うつらうつらした頭で暮林さんの声を聞いていると、見たこともないこの家のばあさんが、新しい下宿人のぼくに向かって、あれやこれやと言っているようにも思えた。

「眠いんだね、寝てていいよ」

暮林さんはぼくのデイパックを玄関わきの四畳半に運んでくれ、続いて部屋に入ったぼくは、その場に倒れこむようにして眠りに落ちた。完全に寝入るまえ、暮林さんが部屋のなかを静かに歩きまわっているのが聞こえた。音をたてないように、ゆっくりと歩いて、窓を開け放ったり、押し入れから毛布を取り出してぼくにかけてくれていた。そうして猫みたいに部屋を出ていき、襖をそうっと閉めた。ありがとう、と声をかけるつもりで重たいまぶたを持ち上げた。部屋は薄暗く、開け放たれた窓の外で、細い幹にびっしりついた緑の葉がゆらゆらと揺れていた。

沈みこむように眠り続け、ときおり半分眠ったまま目を覚ました。眠りの淵からそろそろと意識が戻るとうっすらと畳のにおいが鼻孔のあたりを漂い、風が緑の葉をゆらす音が聞こえた。

　ひどくなつかしいにおいが部屋を満たし、それで完全に目を覚ました。部屋のなかは暗かった。じっと見据えているとてっぺんに木目模様がぼんやりと見えてくる。どこか薄気味の悪いその模様を眺めて、漂うにおいを思いきり吸いこみ、なんのにおいか思い出そうとした。よく知っているにおい。においの正体を思い出すより先に、妙なことばかり思い浮かんだ。実家の、台所の光景とか、マリコのアパートのあの狭いキッチンとか。このすばらしくいいにおいが、肉じゃがのにおいであると気づいたとたん、空腹を感じた。肉じゃがだの煮染めだのひじきだの、刺身だの味噌汁だの、ここしばらく食べていない料理が次々に思い浮かび、たまらなくなって起きあがった。

　居間で暮林さんと男が食事をしていた。二人はちゃぶ台に向き合って座り、TVを見ながら箸を動かしていた。テーブルに並んでいるのは、肉じゃが、焼き魚、ほうれん草のおひたし、味噌汁、今ぼくがもっとも食べたいメニューであった。素直に腹が鳴る。廊下に突っ立って食事風景を盗み見ているぼくに暮林さんが気づき、

「ああ、起きた？　この人ね、ヤマネさん。この人は今日から玄関の隣の部屋に泊まることになったアキオくん」

と、箸で正面の男を指し、箸でぼくを指した。ヤマネという男は箸を口につっこんだまま、テーブルの真ん中あたりを見つめて、どうも、と低くつぶやいた。目の前の焼き魚に挨拶したような格好だった。色が白く、銀縁の眼鏡をかけた、もっさりした感じの男だった。よろしくお願いしますとぼくは頭を下げる。唾液が口のなかいっぱいに広がり、飴玉をそうするみたいに飲みこまなければならなかった。

「ヤマネさんとはね、チトワン公園ツアーで一緒だったの。アキオくんはいかなかったんだよね、チトワン公園。ヤマネさんの借りている部屋は、一番奥の私の向かいの部屋なの」

暮林さんはそれだけ言って、またＴＶに目線を移し、食事を続ける。ぼくはしばらく廊下に突っ立って二人を眺めていたのだが、どちらも、一緒に食べるか、とは訊いてくれそうになかった。それでそろそろとその場を退散し、廊下にぽつんと置いてある電話に向かってとぼとぼと歩いた。

ハダに電話をかけながら、ハダがいなかったら中村だな、中村がいなかったらサトシ、サトシもいなかったらだれにしようと、ひどく暗い気分で考えていたのだが、ハダは三回目の呼出し音で出た。先週も一緒に酒を飲んでいたような口調で、ああ、アキオ？　何、金ねえの？　しょうがねえなあ、じゃあ三十分後、とだけ言って電話を切った。

ハダが暮林さんちの最寄り駅まで出てきてくれるというので、三十分後につくよう見計らって暮林さんちを出た。引き戸を閉めるとき、いってらっしゃーい、と間延びした暮林さんの声が聞こえた。静まりかえった、そしてたぶんそのせいで、そこいらじゅうからわき出るカレーライスやら煮物やらのにおいが濃く漂う住宅街を歩いて、駅へ向かう。

暮林さんの向かいに座っていた男を思い浮かべる。色の白い、体の弱そうな、びくついたあの男は暮林さんの恋人だろうか。チトワン国立公園の、野生の象や鹿を見る三泊四日のツアーで、暮林さんと恋に落ちたのだろうか。そんなことを考えて歩くうち次第にぼくはうつむき、舌うちなどをしていた。暮林さんに恋愛感情を持ってはいなかったが、なんとなくがっかりしていた。

駅前の、小指の先ほどのゴキブリが壁を這う、小さな居酒屋でハダと向き合い、念願の刺身、肉じゃが、焼き鳥、味噌汁にありつくことができた。口に入れる何もかもが、鳥肌がたつほどうまく感じられる。辛くもなく、甘くもないのに、奥の深いこの味。ビールにほとんど口をつけず、料理ばかりを口に放りこみ、うーめーえー、と叫び続けるぼくを、ハダは鼻白んだ表情で見ていて、そのことに気づいたぼくは、いやな気分になった。長旅から帰ってきて、ひさしぶりの日本食に舌鼓をうつ男というものを、――実際そのとおりなのだが、ハダの前で嫌味ったらしく演じているような気分になったのだった。

「サトシさ、まえユキちゃんって子とつきあってたじゃん、知ってるだろ、ユキちゃん、会ったよな？　ユキちゃんとわかれてさ、今だれとつきあってると思う、エンドーだよ、エンドーさん」

ハダは料理に箸をつけないで、ビールをごくごくと飲んでは顔を突き出してそんなことを言った。ハダは半年まえとさほどかわってはいなかった。髪を短く切ってもみあげをのばしていたが、かっこよくはなっておらず、ハダのまんまだった。

「それがなんでそうなったと思う、サトシんちにエンドーさん押しかけてきて、それでやっちゃってさ、その日からエンドーさん帰んなくなってさ、いついちゃったんだわ。ユキちゃん大荒れで、おれとか中村とか、本橋とか連絡とりまくって、なんとかしてほしいって泣きついてたいへんだったんだぜ」

ユキちゃんもエンドーさんもすぐには思い浮かばなかった。話を聞くうちうすぼんやりと、子供のころ集めていた野球選手のカードみたいに思い出した。ユキちゃんは二十五歳だったが十六くらいにしか見えない小柄な子で、古着屋でバイトをしていた。エンドーさんというのは本橋の大学時代の先輩で、一緒に暮らしている恋人がいたのではなかったか。

「でね結局、サトシ今エンドーさんと暮らしてんの、それにしてもさあ、サトシ、どこがいいんだと思う？　あの男、ずりいよな。眉をハの字にして、えへへ、えへへって笑ってるだけじゃんかなあ。でもなおれ、ユキちゃんに泣きつかれたとき、訊いたわけ、あんな男のさ、どこがいいわけよって、そしたらユキちゃん、こわくないとこって言うの。こわくないとこが好きなんだって。なあアキオ、これからはさ、こわくない男の時代だよ。なあおれ、こわくないよな?」

口の端から白い泡を飛ばして一気にハダはしゃべり、金髪の店員に焼酎を頼んだ。ぼくはさんま塩焼と焼きおにぎりを追加した。店はそこそこ混んでいる。ワイシャツ姿の男たちや、若い女のグループがときおりかん高い笑い声や素っ頓狂な叫び声をあげていた。

「おれユキちゃんけっこう好みだったんだけどな。じつを言うとさ、ユキちゃんと飲んだとき、ユキちゃん泣いちゃって、べろべろに酔ってさ、帰れなくなってうち泊まって、おれやっちゃったわけ、でもあとで聞いたらさ、本橋のところ相談いってやって、中村んとこいってやって、松本だけだな、やらなかったの。で、なんか白けちゃってさ。そういうのって、あるよな、あるだろ?」

ぼくは適当にうなずいてさんまの身をほじくり味噌汁をすすった。なんか違うだろ、と思っていた。ぼくは約半年間ここにいなかった。ユキちゃんやサトシや中村とまったく関係ないところにいたのだ。ふつう、どうだった？　とか訊くもんではないのか。何かすごい経験をしたか、どんなところにいったのか、感動的なことはあったのか、やばい目にはあわなかったのか、ユキちゃんがだれとやったとかそんなことより、もっと重要な質問があるはずじゃないのか？　しかしハダが夢中でしゃべる、サトシやエンドーさんのことを聞いているうち、それらが今ぼくにとって、とっくに捨ててしまった野球カードほどの印象しかないように、ぼくの六か月間もハダにとってはどうでもいいことなのだろうと思えてきた。

なあんか退屈、というのが、旅行にいこうと思ったきっかけだった。明日もあさっても同じであり、一週間後も一か月後もさしてかわらない。自分の生活に起こりうるすべてを、わかったような気がしていた。悟る、とかそういう高尚なことではない。もっとばかばかしいことだ。たとえばある日の夜、見たくもないけれど見ているうと笑ってしまうバラエティ番組を見ながらカップラーメンを食べていて、ぼくはそのカップラーメンをそこそこうまいと思っている。そこそこうまいカップラーメンを見つけるということがすでにささやかな幸せになっている。そうすると、たぶん一週間後も、この番組を見ながら、くだらねえとつぶやいてそれでもふきだしたりして、やっぱりこのカップラーメンを食べているに違いない、そんなことが確信に近くわかってしまうのだ。ユキちゃんがサトシのことでそこいらじゅう相談しにいって、置き土産のように性交してくれると聞いたら、いつ自分のところにきてくれるのかとぼくは待っただろうし、半分勃起しながら慰めの言葉だとかを考えたりし、そんなことを幸せだと無意識に思い、結局どういう結論も迎えない性交をしてある程度満足するのだろう。一年後もきっと同じだろう。ひょっとしたら三十になってさえ、そこそこうまいカップラーメンをうれしそうに食い、ほかの男のことで泣いている女と意味もなく寝ることを考えてにやついているのかもしれなかった。なあんかそういうのって退屈。ぼくはふいにそう思った。そう思いはじめてしまうと、そのとき感じた退屈は、退屈と名づけられるようななまやさしいものではなく、もっと圧倒的な圧力を持った、うっとうしい、たちうちのできない、得体の知れない巨大なものに思えた。旅に出て何かがかわるなんてロマンチックなことは期待していなかったけれど、とりあえず、ここにさえいなければ、その巨大な何かからのがれられるのではないかと思った。一か月見知らぬ場所へいけば一か月ぶん、三か月なら三か月ぶん、逃げ切ることができる。

そうして実際、半年のあいだぼくは完全に、あのとき感じた退屈さ加減から逃げ切れたのだ。けれどここに座ったとたん、逃げ切ったと思ったはずの得体の知れないものにどっぷりつかりこんでいる。半年間なんて一瞬のうちに無になりえるのだ。目のまえの、ぼくたちが夢中で読んでいた連載漫画の続きを話すハダの顔を見て、そんなことを思っている。

「あのさ、マリコにさ、恋人ができてた」ハダが焼酎のコップに口をつけて話を中断したとき、ぼくは言った。

「まじ?」ハダはうれしそうに顔をほころばせて顔を近づける。「だれだれ」

「さあ、知らない男で、一緒に住んでた。なんていってたっけな。箱崎、島崎、藤崎。そんな名前」

「はー知らないなあ、岩藤なら知ってるけどな、岩藤とマリコじゃつなぐ線がないもんな」

「そんな知ってるもの同士でくっついたり離れたりばかりしてるかよ。知らない男だよ」

言いながら、ついさっき自分の身に起こったこの話でさえ、ユキちゃんとサトシがどうしたといったような、どこにでもある、ありふれた、ばかばかしい失恋話に思えた。

結局、帰りの電車がなくなると言ってハダが席を立つまで、ハダはぼくの六か月間について何も訊かなかった。ぼくも何も話さなかった。何か話せば、刺身や肉じゃがをうまいと言ったぼくに向けた、あの鼻白んだ表情で見られてしまいそうな気がした。勘定をしながら、ハダは今どこに住んでいるのかとぼくに訊き、カトマンズで会った暮林さんという女の子のうちだと説明したが、それについてさえハダは、どんなふうにして会ったのか、カトマンズで彼女と何をしていたのか、そんなことはいっさい訊かず、ただ、その女、美人？　と訊いただけだった。

もうやった？　顔を近づけ興味深げにささやいただけだった。

居酒屋から駅に向かう途中、ハダは今やっているバイトの話をしていた。

「明日仕事がなけりゃな、おまえのとこいってそのなんとかさんと飲みなおすのにな」

しきりにそんなことを言った。

「暮林さんはだめだよ、男がいるみたいだし。それよりさ、今おまえ、何やってんの」

「まあバイトだけどさ、説明するのは難しいな。一言で言えば電力関係」

電力関係とはいったいどのような仕事なのか見当もつかなかったが、かさねて訊いた。

「それさ、もう一人くらい人が増えても平気なもん？」

「何おまえ、やる？　言っておくけどさあ、バイトとはいっても、けっこう専門的な仕事なんだぜ。まあいいか、簡単な仕事もあるにはあるしな。毎日は無理だと思うけど、人足りないときは連絡してやる」

ハダは軽くうけあった。

改札は静まりかえっていた。駅名を表示する看板がライトに照らされ、それが闇のなかにぽつんと光っている。塾帰りの子供も、酔っぱらったサラリーマンもいなかった。しょぼいとこだな、ハダはつぶやいて切符を買った。ハダが改札に入るまえに、一万円を貸してほしいとぼくは頼んだ。彼は紙屑を放り投げるように皺くちゃの札を投げてよこし、じゃあな、と手をあげて改札に入っていった。

駅前の、居酒屋やコンビニエンス・ストアで多少にぎやかな通りを過ぎて、街灯だけが点々とついている、暗くてさびれた道をとぼとぼと帰った。道の両側に建つ家はみな古い平屋建てで、ときおりぼこんと深い闇が広がっているとそこは空き地だったり、竹林だったりした。顔をあげる。まるい月が出ている。空のずいぶん低い位置に、赤みを帯びた楕円の月が浮かんでいた。自分が今どこを歩いているのか一瞬わからなくなりかける。次の角を曲がれば、裸電球をぶらさげた屋台街が広がって、薄着の、肌の色の黒い男たちがなまりの強い英語で、日本人か、東京大阪神戸、どっからきた、座ってけ、と声をかけてきそうだった。四つ角で立ち止まりぼくは横に延びる道に目を凝らした。ぼくが今歩いているのと寸分違わぬ道が広がっているだけだった。間隔を置いて黒い道路を照らす街灯、整然と並んだ瓦葺きの家、ずっと先までまっすぐ延びる道路。ピアノの音色がかすかに聞こえてきた。

暮林さんの家の位置を思い出しながら歩いていると、曲がり角から黒い影があらわれてぼくの先を歩く。へんな男だった。片手にビニール袋をぶらさげているほかは何も持たず、ぺたぺたとサンダルを鳴らして歩いている。ぼくの歩く速度のほうが速く、先を歩く男との距離は次第に縮まって、追い越しかけたそのとき、その男がさっき紹介されたやつだと気づいた。ヤマネという名前だったか。

「こんばんは」隣に並ぶ格好でぼくは男に話しかけた。ヤマネさんは気の毒になるくらい驚いて、体をこわばらせてぼくをちらりと見る。

「あ、あ、ああ、ど、どど、どうも」

ヤマネさんはあきらかにあわてていた。声をかけられたときの狼狽具合といい、このあわてぶりといい、この男、どこかに放火でもしてきたのではなかろうかと疑ったが、ただ単に気が弱いだけなのかもしれない。

「よかったよ、ヤマネさんに会えて。暮林さんち、まだ一回しかいったことないから、迷ったらどうしようって思ってたんだよね、ほらこのへん、似たような家が多いしさ、暮林さんち、たくさん角曲がらなきゃなんないだろ」

ヤマネさんはぼくの隣で何も答えず、いや答えようとはしていないらしく、ふーっふーっと奇妙に呼吸を荒くしていた。

「ヤマネさん買い物？　おれは駅前で飲んでたの、酔笑って店、知ってる？　汚かったけど、けっこううまかったな。ヤマネさん旅行から帰ってきたとき、まず何食べた？　おれ刺身と、肉じゃが食ったよ。あと焼き鳥も。何食べてもうまくて、泣くかと思ったよ」

ヤマネさんはあいかわらず荒い呼吸をくりかえしていて、聞き取れないほどの小さな声で、

「いやぼくはうどんを」

とだけ答えた。ヤマネさんはまだ動揺しているのかひどくびくびくしており、

話しかけたことが悔やまれたけれど、帰るところが一緒なのでわかれることもできず、ぼくはヤマネさんに、というより、頭の少し上にある赤い楕円の月に向かってしゃべるように、あれやこれやと話しながらヤマネさんの歩調にあわせて歩いた。

三日後にハダからバイトにくるかと連絡があった。もちろんいくとぼくは答えた。

ハダの紹介してくれたアルバイトは、電力関係に間違いはなかったが、簡単に言えば、電気の掃除だった。浄水場とか、大きなビルの地下に、変電施設がある。物置みたいな素っ気ないグレイのロッカーを開けると、ずらりと巨大な配電盤が並んでおり、そこを掃除する仕事である。

ぼくたちは福生や所沢や、とにかく掃除すべき変電施設がある場所に早朝集められ、作業着に着替え、掃除のための機材を運ぶ。ばかでかい発電機や大量の化学雑巾、作業灯や小型掃除機なんかをしかるべき場所に設置して、これでもかと埃の積もった配電盤をていねいに掃除していく。

　専門的な仕事だ、とハダはもったいぶって言っていたけれど、そんなに難しい仕事ではなかった。この仕事の主な目的というのは、巨大ビルや浄水場の変電施設が、電気漏れしていないか、流れが正常であるか、コードの破損や変形はないかをチェックする責任重大な仕事らしかったが、そういうことは一緒にきている電気会社の社員たちがやっていて、様々な事務所から集められた二十人弱いるバイトは、そんなことは何一つ考えず言われるまま化学雑巾で埃を拭いていればよかった。

　現地に朝の八時前後に集められるわりには、ずいぶん休憩の多い仕事だった。浄水場のときは屋外に、ビルの地下ではフロアの隅っこに、ぼくらはブルーシートを敷いて、作業開始の声がかかるまでそこでだらだらとコーヒーを飲みたばこを吸った。

「おまえ甘く見てんなよ」はじめてのバイトの日、ぼくの隣でコーヒーを飲みながらハダが重々しく言った。「作業にかかるまえに、その盤が死んでるかどうか絶対に確認しろ。いつだったか、どっかの大学生がまだいきてる盤に手をつっこんで、あっという間に丸焦げになったことあるんだぜ」

「感電てこと？」ぼくは訊いた。

「ただの感電じゃない。自分の家で濡れた手でコンセント触って、びりびりってなもんじゃすまないんだぞ、これだけ大きな電気になると。一瞬だぞ、一瞬で真っ黒」

「まじ？　ハダ、それ見た？」ぞくぞくした。目の前で人が一瞬にして黒焦げになるところなんて、今まで一度も見たことがない。ハダがもしそんな事態を目のあたりにしていたら、それだけでなんだかハダを尊敬する。しかしハダは言った。

「いや、おれは見てない。でもあそこでたばこ吸ってる人いるじゃん、山内さんていうんだけど、あの人が見てる」

「へえええええ」ぼくはうなった。

「要はね、進んでなんかやろうなんて絶対に思わないことね、人が触ってるの見てはじめて自分も触る。人がここをやれって言ってはじめて動く」

ぼくの隣でたばこを吸っていた男が笑顔で教えてくれた。金田くん、とハダが紹介してくれたやはりバイトの男で、子供みたいな高い声でしゃべった。

その日の仕事は三時半に終わった。ぼくたちはブルーシートでコーヒーを飲み、たばこを吸ってあとかたづけをし、四時ごろ数人で駅までとろとろと歩いて帰った。コーヒー飲み放題、弁当つき、交通費込みで一日一万二千円だった。

人手が足りないと言われればぼくはすぐさま応じてそのバイトにいった。ハダがこない日もいった。十日もたつと、ぼくは臨時アルバイトではなく、主要バイトのメンバーみたいになっていた。

配電盤はそれぞれ汚れかたが違い、うっすらと埃が積もっているものもあれば、火山爆発直後のように汚れているものもあった。ロッカーを開けて、掃除する盤がさほど汚れていないとき金田くんたちは「アタリ」と言い、ひどく汚れているときは「ハズレ」と言った。けれどぼくはひそかに、ひどく汚れていればいるだけ心のなかでアタリと叫んだ。

汚れがひどいとき、拭いただけでは落ちないので、ブロアーという巨大ドライヤーを使う。それでいったん埃を吹き飛ばし、それから掃除に取りかかるのだ。積もり積もった埃を一気に吹き飛ばすのだから、当然ものすごいことになる。埃は舞い上がり、あたり一面を覆い、埃の種類によって視界は真っ白に、もしくは真っ黒になる。その一瞬、はるか彼方まで遮るものの何もない平原に濃い霧が立ちこめ、そのなかに一人、ぽつねんと立ちつくしている気分を味わう。あるいは大気圏を抜けてぽんと広大な宇宙空間に放り出された気分。当然ぼくらは舞い上がる信じられない量の埃を全身に浴びることになり、マスクや帽子で防御していようと、鼻の穴も頭皮も、隅々まで埃まみれになってしまうわけだが、それでもぼくは、その一瞬が好きだった。

仕事を終えてぼくらは長い時間かけて顔や手を洗う。ふつうの石鹸では落ちないので、研磨剤でゴシゴシ刮げ落とすのだ。そのピンクの粉石鹸はなかなか泡立たず、洗い終えると、手も顔も、脂分が失われてぱさぱさになる。ぱさぱさの手を見ると働いたという気分になった。

ぼくたちに仕事をまわしてくれるのは五十を過ぎたくらいのおやじで、彼がつまり電気掃除屋の事務所の社長だった。事務所といっても社員はおやじ一人きりであとはみなアルバイトである。主要メンバーは四、五人で、あとの顔ぶれはころころかわった。社長は背が低く、小肥りで、自転車に轢かれたかえるみたいなひしゃげた声でぶつぶつとたえまなくしゃべる。「っちゅうかね」、というのがおやじの話しはじめる最初の言葉で、その一言を言わなければほかの言葉はいっさい出てこないみたいだった。「っちゅうかね、車、車ってうるさいんだわ、バスの通らないど田舎ならまだしも、バスは十分に一本通ってるっちゅうのに」だの、「っちゅうかね、あれよ、もう歯茎自体にガタがきてるから、上っ面をいっくらなおしたって無駄っちゅう話」だのと、休憩時間や昼休みにおやじはひっきりなしに小声で言っていて、それがなんの話かわからないながらもぼくはいちいち、まあそうっすね、歯茎じゃあねえ、などとなんとか相槌をうっていたのだが、ほかのアルバイトはみんな無視していて、それらがすべておやじのひとりごとであることにしばらくしてから気づいた。アルバイトはこのおやじにキーちゃんというあだ名をつけていた。

　ぼくはどうやらキーちゃんに気に入られているようであると、数日たってわかった。仕事があるとき、以前はかならずハダか金田くんが電話をしてきたのだが、キーちゃんはまずぼくに電話をくれるようになった。浄水場や掃除の必要なビルはたいてい駅から離れた場所にあったが、キーちゃんは最寄り駅まで機材を積んだバンで送り迎えをしてくれるようになった。そうしてぼくを助手席に乗せた。クーラーボックスがあれば休憩時間に冷たい飲みものが飲める、そうつぶやいたぼくの言葉を聞いて、翌日には大型クーラーボックスを購入してきた。休憩時間や昼休みはぼくの隣にきて、ひとしきり「っちゅうかね」を連発する。キーちゃんはけっして人と真正面から会話をしようとはしない。アキオは今どこに住んでいるんだ？　とか、休みの日は何をしてるんだ？　とか、そういう一対一の会話をすることはまずなく、自分のごくごくプライベートなこと――プライベートすぎてこっちにはまったく理解できないことを口のなかで練り上げるようにして話す。背を丸め、おどおどした目つきで、人の顔を見ず一方的にしゃべるキーちゃんだが、彼の態度は異様なほど自信に満ちあふれて堂々としていて、それがぼくには理解不能だった。

毎日はパターン化しはじめた。だいたい朝の六時前後に家を出る。帰りに最寄り駅につくのがだいたい七時まえ、ときおり何かトラブルが生じておそくまで仕事場にいなければならないこともあったが、そんな事態はそうそうない。駅前の定食屋で夕飯をすませ、コンビニエンス・ストアで缶ビールを一本買って家に帰る。家につくのはだいたい八時すぎで、居間ではヤマネさんと暮林さんがよく食事をしていた。彼らにことわって風呂に入り、体じゅうをごしごしと洗い、自分の部屋でビールを飲んで、十時には眠る。TVも見ず音楽も聴かない。そういう生活パターンが二週間ほど続くとそれは苦痛でもなく、むしろそうして毎日を規則的にやり過ごすことに快感を覚えはじめたりもしていた。目覚ましがやかましい音をたてるまえに起きると気分爽快だったし、毎日定食屋で同じニュース番組を見ているとニュースキャスターと知り合いのような気持ちになった。

ぼくが夕飯を食べるのは駅前の、ブラジルという名前の古い喫茶店で、夜には定食を出す。ブラジルという言葉となんの接点も持っていないような老婆が一人でやっている店だ。メニューは日替りとカレーの二つしかなく、それをかわりばんこに食べる。ブラジルは薄暗く、いつも空いている。ばばあは無口で、注文したものを運んでくるとカウンターの奥にひっこんでTVを見上げている。ぼくも無言でTVを見ながら箸を口に運ぶ。カレーも日替りもいまひとつだったが静かで落ちつける。

ヤマネさんもぼくと似たような生活をしているらしいことは徐々にわかった。早朝の洗面所でよく彼と出会う。洗面所で隣り合って黙ってしゃこしゃこと歯を磨いているのも気づまりなので、ぼくはいろいろと質問をする。ヤマネさんはなかなかなつかない、野良生活の長い猫みたいな男で、いつ話しかけても体をこわばらせる。ヤマネさんを緊張させるような質問はしていないつもりなんだけれど、たとえば、ヤマネさんて何してるの？　とか、ネパールってどのくらいいってたの？　とか、そんなことを訊くだけで、ヤマネさんは最初に会ったときと同じに、ぼくの胸のあたりを凝視して、

「いや、あの、えーとなんていうか、その、ひ、日雇い、ただのバイトですよ」

「えっ、あの、ああネパール、ええっと、さ、三週間くらい」

泡立てた歯磨き粉をそのへんに飛び散らせて、そんなふうな答えかたをする。

ヤマネさんが出かけていくのはだいたいぼくと同じか少しあとくらいで、七時ごろには帰っているらしい。風呂からあがり、自分の部屋でビールを飲みながら耳をすませていると、ヤマネさんと暮林さんの食事は九時ごろにはすみ、二人で何を話すでもなく、ヤマネさんは自分の部屋にいく。それからぼくが寝入るころヤマネさんは静かにどこかへ出かけていく。ヤマネさんのそろそろと開け閉めする引き戸の音が、寝入りばなのぼくに届き、うつらうつらした頭で、飲みにいくのだろうかとか、それともやっぱりどこかに放火しにいってるんだろうか、そんなことを考えてぼくは眠っていく。

その日は珍しく毎日の生活パターンを破り、藤野くんと金田くんと三人で飲んでから帰った。藤野くんと金田くんは大学時代からの友人らしい。彼らはそろってキーちゃんの悪口を言い、「っちゅうか指のまたが痒いイコール水虫ではないっちゅうのに」などと物真似をし、笑い合っていた。

一本のビールを手に居間にいくと暮林さんがいた。食事はすんだらしく、ちゃぶ台の上には何もなく、ヤマネさんの姿もなかった。暮林さんはTV画面と向き合って、TV番組を見ていた。いや、見ていたのはTV番組でなく、アダルトビデオだった。

「ああお帰り、元気?」

暮林さんは画面から顔をあげて言った。ぼくは年上の女に誘われている純情な中学生みたいにうつむいて、まあ元気です、とかなんとか答えた。

「お茶飲む?」

暮林さんはビデオを一時停止にする。画面は女のへそを大写しにしてストップする。小さく聞こえていたあえぎ声もやむ。

「コーヒーおとしたばかりなんだよね。いれてあげる」

暮林さんはボールペンを耳にはさんで台所へいき、マグカップを持ってくる。ぼくはちゃぶ台の前に座った。上目遣いで画面を見る。大きく映し出された女のへそはまったくエロチックではなく、嫌味なほど健全に見えた。

「ねえいつもさあ家にいないけど、どこにいってんの？」

ぼくの向かいに、ＴＶ画面が隠れる位置に暮林さんは座り、訊いた。

「バイト」ぼくは答える。

「へえバイト。バイトしてるんだ。お金たまったら、またどこかいくの？」

ぼくは暮林さんを見た。両手で頬杖をついて暮林さんはぼくを見ている。目のまえでぱちんと手をたたかれた気分だった。そうか。そういうこともできるんだ。十万ためれば飛行機代込みで一か月、二十万ならもっと長く、三十万ならひたすら遠く、またどこへでもいくことができる。あるいは、そう思うことで今の地味な労働生活に意味を見いだすことができるんだ。

「いや考えてなかったけど」

「ふうん」

暮林さんはあまり興味のなさそうな声を出して、畳に置いてあったノートを拾いあげる。

「ねえこれどう思う？　まったくふつうの中学生三人組、中年男のテクニックで痛み一転絶頂、気がつけば大股開きで猥らな声をあげ、本気汁でぬれた尻をそろって突き出す、汚れを知らないピンク色のあそこモロ映しの逸品」

「えっどうって、どうかな」暮林さんを遮ってぼくは言った。いろんな考えが一瞬頭のなかをめぐる。アダルトビデオは暮林さんの趣味だろうか。これは遠回しの誘い文句だろうか。今日はヤマネさんがいないからさびしいのだろうか。

「どうかな、か。どうかなじゃだめなんだよなあ」

暮林さんはノートに書いていた文章に、ぐちゃぐちゃに線を引いてため息をつく。

「私ね、アダルトビデオの宣伝文句を書く仕事をしてるの。べつにビデオを見ないで書いたっていいんだけど、ちゃんと見て書いたほうが臨場感あるでしょ」

暮林さんはそう言ってぼくを真正面から見据える。彼女の真剣な目つきとこの話題はどこか不釣合だと思いながら、まあねえ、とぼくは答える。

「この仕事が天職だとか思ってないけどさ、宣伝文を書くからには、それを読んで、おおっ買うぞ、って気持ちになってもらいたいんだよね。でさ、宣伝文べつ売り上げランキングで一位になりたいんだ」

「売り上げランキングなんてあるんだ」ぼくは感心して言った。

「ないけどさ。もしあったらって話」暮林さんは言い、眼鏡をかけ、TV画面と向き合ってビデオを再生する。女のわざとらしいあえぎ声が和室に広がり、ぼくは気まずくなって席を立った。

「コーヒーごちそうさま。おやすみ」

暮林さんはTV画面から目を外さず、あいよ、と短く答えた。

ふとんにもぐりこんで寝入るまでのあいだ、暮林さんのことを考えた。さっきの宣伝文句はあんまりいいとは思えず、それでも彼女なりに意気込みを抱いているんだなとか、そんなことだ。それにしても暮林さんには暮林さんの生活があるということが不思議に感じられた。ぼくたちは旅行中に出会ったのであり、旅行中というのはだれでも、日常と切り離されたところでぽつんと存在している印象がある。旅行から帰ったらその人がどんなふうに日々を送っているのかは想像しにくい。実際居間で眼鏡をかけてアダルトビデオを見ている女は、ぼくの知っている暮林さんではないように思えた。

遠慮がちに引き戸を開ける音がして、続いて鍵をまわす音が聞こえてくる。そうしているヤマネさんの姿をまぶたの裏に思い描きながら眠りを待った。


新たなる居候として一組のカップルがあらわれたのは、ぼくが働きはじめて三週間ほどたったころだった。本格的に梅雨がはじまり、毎日曇りか雨の陰気な天気が続いていた。

ブラジルで食事をして、缶ビールを買って家に戻ると、居間がやけに騒がしかった。荷物を自分の部屋に置いて居間へいった。暮林さんとヤマネさん、それに見たことのない男女が座っていた。二人が旅行から帰ったばかりだということはすぐにわかった。薄汚れ、ふくれあがったデイパックが畳に転がっていたし、二人は異様に汚かった。男は長髪をうしろで一つに結び、得体の知れない絵が一面に描かれた派手なシャツ、色あせた柄もののイージーパンツをはいていて、女のほうはぱさぱさに乾燥した長いパーマヘア、絞り染めのでれんとしたワンピースを着ている。こちらが恥ずかしくなるほど完璧な、ヒッピーファッションである。二人は同時にしゃべり、たがいより大きな声を出そうとわめき、暮林さんは笑い転げている。ヤマネさんは部屋の隅にちょこんと座って、中途半端な笑みを浮かべカップルの中間あたりを見ている。

「あー、この人ね、フトシくん。こっちがカナちゃん。今日からしばらくここに住むから。二人は八畳の部屋に住むことになったからよろしく」

居間の入り口に立ちつくしているぼくに暮林さんが紹介する。二人は人なつこい笑みを浮かべてぼくを見、あーどうもーと、ゆるみきった声で挨拶をする。長期滞在の旅行者がたむろしているバンコクのカオサン・ロードあたりで、八十組は見られるであろうタイプのカップルだった。八畳といえば暮林さんのばあちゃんが死んだ部屋だ。そういうことを気にするような人たちではないことは彼らの雰囲気から察せられた。

「これでこの家に住んでいる人は全部なの？　だったら飲み会しようよ、ねえそうしようよ」きいきい声でカナが言う。「フトシくん、酒とつまみ用意してきてよ。ほらさっきあったじゃん、酒屋。あそこでさ」

その夜は居間で宴会が行われた。フトシはカナに言われてふらりと出ていき、数分後、ケースごとビールを持って帰ってきた。

「つまみは無理だった」そう言う彼をカナは三十分にわたって責め立て、結局冷蔵庫のなかをあさってヤマネさんがいくつか料理を作った。そうしてぼくはちゃぶ台に並ぶ肉じゃがや野菜炒めやパスタを見て、料理をしているのは暮林さんではなくヤマネさんであることを知った。どことなくほっとしていた。フトシの持ち帰ってきたビールはうんざりするほどぬるく、氷を入れなければ飲めたものではなかった。

フトシとカナのカップルは異様にうるさい人々だった。二人とも黙りこむということがまずない。フトシがしゃべるとカナがきんきんした声で割りこみ、さらにそれにかぶせてフトシがのぶとい声で訂正を加え、カナはきまって話の途中でキャーだのギャーだのゲーだのと、様々なバリエーションの叫び声をあげた。二人は三か月のあいだアジアをうろついていたらしかった。タイで暮林さんと会って、やっぱりぼくのように誘われたらしい。それだけのことを知るのに、一時間ほどかかった。

「おれさんざんだったたの、今日午前中に成田についたんだけどね、荷物検査するところあるじゃん、くすりとか拳銃とか持ってないか調べるとこ。あそこでおれだけひっかかっちゃってよう」

フトシはぼくに向かって言う。そりゃあこの格好ではチェックしてくださいと頼みこんでいるようなものだ。

「でねでね、デイパックの中身全部出させられて、個室連れていかれてよ、服全部、全部よ、脱がせられたの。すっぽんぽんよ、おれ、制服着たあんちゃんたちのまえでさあ、一人すっぽんぽん。それだけじゃねえんだよ、こうゆうポーズさせられて、で、ケツの穴まで調べられてよう」

フトシは立ち上がり、またの下から顔を出す格好をした。暮林さんとカナがげらげら笑う。

「あたしだってあたしだってあたしだってさあ」カナが声をはりあげる。「荷物全部出したのー、汚れた下着とかそんなものまで一枚一枚出したんだよう。ねえあれってさあ、係の人たち、絶対なんか趣味入ってるよねえ」

「下着ならまだいいじゃんかよう。おれなんかそのものだぜ？　ケツそのもの。暮林さん、想像してよ、大の男がこうやってケツの穴広げさせられてるところ。あれさあ、死ぬ前にいろんなこと思い出すとき、真っ先に思い浮かぶよなあ」

ビール瓶は次々に空になっていって畳の隅に転がされた。フトシとカナは空港での取調べについて延々と話しながら、デイパックの中身を出しはじめる。ビールで軽く酔った目のまえに、あざやかな色が次々とあふれ出る。彼らが取り出すのは、安っぽい、粗悪なものばかりだった。カラフルなシャツ、ワンピース、短パン、Tシャツ、木彫りの仏像、バティック布、タイ語の書かれたスナック菓子、瓶詰めの濁った赤いチリ・ソース、ヒンズー語だろう、のたくった文字の書かれた箱入りカレー粉、色あざやかなインドの神様の絵葉書、ポスター、安っぽい指輪や腕輪、二人のデイパックから出てくるそれらのものは畳を覆い隠し、暮林さんは何か出てくるたび歓喜の声をあげ、ヤマネさんはぼんやりとそれらを目で追っていた。

かすかなにおいが居間を満たしていく。ぼくは大きく息を吸いこむ。それは香辛料のにおいであり、乾いた路上のにおいであり、雑踏の、路地裏の、屋台の食堂の、ここではない場所のにおいだった。めまいを感じる。これはどこで買った、これはどこで手に入れた、そんなことを二人はひとしきりしゃべっている。

奇妙な感覚にとらわれていた。成田に降り立ったときからずっと、だれかべつの人の位置におさまっているような、そんな居心地の悪さだ。古びた一軒家の一部屋を借り、アルバイト先の社長に気に入られ、毎日アルバイトに出かけていく、だれかの生活をそっくりそのまま引き受けて、器用にこなしているのではないか。深夜に宣伝文を書く女と、ピクニックに誘いにきた彼女が結びつかないように、ぼく自身でさえも、今こうしている自分と見知らぬ国を歩いていた自分を完璧に重ね合わせることができない。

それ以上何も考えたくなかった。それでぼくは彼らの話に相槌をうってはへらへらと笑い、畳一面に散らばったカラフルなみやげものを眺め、居間に充満するにおいを嗅いでいたが、急にみやげもののなかに突っ伏して泣きたくなった。

「風呂入ってくる」

　ぼくは言って居間を出た。お湯わいてるよー、暮林さんの声が聞こえた。

湯は保温されていて、風呂場は湯気で白く染まっていた。湯につかり、体を伸ばして天井を見上げる。黄ばんだ天井に、いくつも水滴がはりついている。目を閉じると、待っていましたとばかりに、いろんな光景が浮かんだ。何でもないひとこまばかりがかちゃかちゃと機械じかけみたいに浮かんでは消えた。それはたとえば、安ホテルの窓から見下ろした昼下がりの路地裏だったり、電車のこない駅で寝そべる皮膚病の犬だったり、どんよりと暗いみやげもの屋だったり、バイクで通りすぎた椰子の木の整列だったりした。

　五か国だ。ふと思いついて飛行機に乗って、半年のあいだ、五か国を歩いた。何もかもがはじめてのことだった。違う国に入るたび、食べものの名前を覚え、値切りかたを覚え、常識の通じない戸惑いに慣れ、まるごと自分だけのものである一日を自分のペースで過ごせるようになった。劇的なことは何もなく、自分がかわったなんてこれっぽっちも思っていない。六か月はいわば大いなる夏休みそのもので、その夏休みだって、永遠に続けばうんざりすることを知っている。夏休みのあとにすばらしい日々が用意されているわけでもないこともまた知っている。けれど、あの騒々しいカップルが持ちこんだにおいと色彩は、強い違和感をぼくに押しつける。行き先の違う飛行機に乗って、到着場所をまちがえたことにも気づかずに入国ロビーを抜け、ほかのだれかを迎えにきた人に勘違いされたまま連れられて、そのまま生活をはじめてしまったような、そんな気にさせる。

アルバイトで金をためて、また旅行にいくこともできる、暮林さんがそう言ったとき、ぼくは一応わくわくしたのだけれど、実際のところ、ぼくはまたどこかへいきたいのだろうか。いくとしたらどこへ？　どのくらいの期間？　今度は何からのがれるため？

風呂場の戸が開いた。ぼくは目を開ける。入ってきたのはヤマネさんだった。タオルで下半身を隠し、湯船につかるぼくに向かって、

「あ、どーも」

くぐもった声で言い、躊躇なく湯船に割りこんでくる。はふーと長い息をつく。暮林さんの家の湯船は広いほうだったが、それでも男二人が入るとなると体を密着させなければならず、ぼくはあわてて湯船を出た。ずいぶん長いあいだ湯につかっていたらしく、立ち眩みがした。

「ヤマネさんて、なんでネパールいこうと思ったの」

体を洗いながらぼくは訊いた。ヤマネさんは両手で顔をごしごしとこすっている。

「きき、きのこの精の夢をね」しばらくの沈黙のあとヤマネさんは小さな声で答えた。

「えっ、きのこ？」

「そ、きのこ、きのこの精が夢に出てきて、その、ね、ネパールいけって、はは、言うもんですから」

聞いてはいけないことを聞いたような気がして、ふうん、とだけ言ってぼくはシャワーを浴びた。髪を洗っているとヤマネさんは湯船から出てきて、ぼくの隣で体を洗いはじめる。ときどきぼくらの腕は相手の体のどこかにぶつかった。リンスはあきらめてさっさとシャンプーを洗い流し、ぼくはふたたび湯船に逃避する。ヤマネさんはひどく念入りに体を洗っている。足の指のまたをていねいに洗いながら、ふとぼくのほうを見て、

「あ、ぼく、く、狂ってないですから」

遠慮がちに言った。眼鏡をかけていないヤマネさんはちゃんとぼくを真正面から見た。しばらくぼくのことを見ていたが、

「まあ時間も金もあったんで、ど、どんなもんかなと、たまには夢のお告げに従うのも、い、いいかなと思ったわけで」

そうつけたして、また熱心に足の指を泡立てはじめた。

その夜、暮林さんとフトシとカナの三人は居間でいつまでも飲んで騒いでいた。閉め切った襖を、笑い声や叫び声が通過してぼくの部屋に入りこんだ。眠気が濃くなるにつれ、彼らの声はあぶくみたいに浮きあがっては消えていった。ひさしぶりにしこたま飲んだビールのせいで、眠りはねばりっこく深かった。

女のあえぐ声が聞こえてくる。あはんあはんあふんあふんと妙にリズミカルにあえいでいる。ぼくは暗闇のなか起きあがり、部屋を出た。共同シャワー室の前で、一人の男がうろうろしている。部屋から出てきたぼくを見つけ、にやにや笑いをはりつけながら手招きをする。男は韓国人に見える。彼はなまりの強い英語で、シャワー室に入ればもっとよく聞こえる、そうささやく。ぼくは彼のようににやつきながらシャワー室に入る。たしかに女の声はさっきよりもよく聞こえる。男の荒い息づかいまで聞こえる。シャワー室の入り口で、韓国人はぼくを見て笑っている。ぼくは男女の交わる声をもっとよく聞こうと、シャワー室の冷たいタイルに耳をつける。韓国人もシャワー室に入ってきて、ぼくと同じように耳を近づけている。女の声のトーンが次第にあがってくると、笑い声をおさえてぼくの脇腹をつつく。いく、いく、いっちゃう、女がすすり泣くように言い、それを聞いて、この宿屋に日本人が泊まっているのかと思う。人の気配がしてタイルから耳を離す。頭にターバンを巻いた、彫りの深いインド人の男がシャワー室に入ってきて、真剣な顔で耳をすませている。もう一人、腰にタオルを巻いた、上半身裸のインド人までがシャワー室に入ってくる。ターバン男はぼくと韓国人を無愛想に押し、声がもっとよく聞こえる場所に陣取ろうとしている。ただでさえ狭いシャワー室に四人の男が押し入って、必死に性交中の女の声を聞き取ろうとしている。そんなに押すな、押すなよ。

目が覚めた。部屋はまだ暗い。橙色の豆電球が部屋の中央を薄ぼんやりと照らしている。ぼくはふとんから転げ出て壁に体をくっつけるようにして寝ていた。部屋の壁からにじみ出てくるみたいに、女のあえぐ声が聞こえた。夢のなかでそうしていたように、ぼくは壁に耳をくっつけてみた。

フトシとカナが八畳で性交中らしかった。カナは暮林さんが見ていたアダルトビデオの女より、さらに芝居がかった、甘ったるい声を出している。ときおりフトシの低い息づかいが聞こえてきた。闇のなかで目覚まし時計の盤が光っている。朝の五時すぎだった。ぼくはごろごろと転がって壁際を離れ、ふとんにおさまってもう一度目を閉じた。カナの声はなかなか終わらない。その声はあまり魅力的に感じられなかったが、それでもぼくは勃起していた。

カナの甘えたあえぎ声とフトシの低い吐息は強まったり弱まったりしながら、延々と続いた。二人の声は絡まりあって、彼らのデイパックから立ちのぼったあの強烈なにおいとともに、この家全体を包んでいるように思えた。廊下にしみだしゅっくりと這いまわり、壁を伝い襖の隙間を通り抜け、暮林さんの部屋にもヤマネさんの部屋にも入りこんで、きっと眠るみんなは今、それぞれどこか旅先の夢を見ているだろう。生活と切り離されて、そこから見える見知らぬ光景を夢に見ているに違いない。

ばあちゃんの死んだ部屋でよくやれるよな。そんなことを考えながら、ぼくはふとんのなかに手をつっこんで自分の性器をなでさすった。

射精の寸前、マリコが切れ切れに頭をよぎった。不自然なほど色の白い二の腕とか、毛をそったばかりの脇の下とか、つるりとひらたい腹とか。数ミリ開いた薄い唇とか、ぼくの名前を呼ぶかすれた声とか。

白く濁った精液をティッシュで拭い、もう一度ふとんにもぐりこむ。情けなかった。

歯を磨きに洗面所にいくとフトシがいた。彼は顔を洗っていた。

「あれ、アキオさん、早いじゃん」

びしょ濡れの顔をぼくのほうに向けて彼は言う。目が充血していた。眠っていないらしい。

「うん、仕事なんだ」

ぼくは言って歯ブラシを口につっこむ。

「へえー、えらいなあ。おれ時差ぼけでぜんぜん眠れねえの」

フトシは洗面台をぼくに譲り、濡れたままの顔を拭おうともせず、鏡に映るぼくを見ている。そしてやおら、

「いやー、やっぱいいよねー、タタミセックス。膝痛かったけど」

そんなことを言って、ひょこひょこと八畳間に戻っていった。

キーちゃんが車で迎えにきてくれる場所に、まだだれもきていなかった。雨は降っていなかったが空はたっぷり水分を含んだような灰色で、午前七時ではなく、

もうすでに日が暮れてしまったみたいだ。駅前のロータリーにはシャッターをおろした店が数軒並び、その端に、緑の公衆電話が並んでいる。ぼくの目はハダや金田くんやキーちゃんのバンを捜そうとはせず、ここへついたときからずっと公衆電話を見つめている。そうして心のなかでずっと、マリコの電話番号をくりかえしていた。

もしマリコがぼくとつきあっていたころと同じ仕事をしていたら、今ごろはきっと、朝のワイドショーを見ながら朝飯を食べている。メニューはパンと目玉焼きとインスタントのスープで、ワイドショーの感想を述べながら、今日は何を着ていこうかと考えている。よくマリコのベッドでその様子を見ていた。食事を終えてたばこを一本吸い、服を着替えて化粧をする。ベッドでだらだらしているぼくにかならず一言嫌味を言って——いいわよね、あんたはゆっくり寝られて、とかなんとか——、それで部屋を出ていった。ぼくは階段をおりていくマリコの足音を聞きながら、マリコのにおいに囲まれてゆるゆるとふたたび眠った。

マリコがストッキングをはくところが一番好きだった。いすに腰かけ、ストッキングに手を差し入れて、爪先からゆっくりとはいていく。膝を通して、神妙な顔つきで儀式みたいにそうっと腿へとひきあげていく。

時計を見る。きっと食事を終えたころだ。ストッキングをはいているかもしれない。ポケットに手をつっこんで小銭を握りしめる。

掌を目のまえで開いて、十円玉が何枚あるのか数えていると、ハダの声がした。

「あれ、キーちゃんまだ？　今日は遅いじゃん」

ハダは改札から出てきて、目をこすりながらぼくに近づいてきた。

その日一日、高層ビルの地下にこもって配電盤の埃を拭きながら、マリコにかける電話で、何をどんなふうに言おうか考えていた。ああマリコ？　おれおれ。先月帰ってきたんだよね。元気だった？　電話口でそう言う自分を思い描いては、いや、おれおれ、という部分は妙になれなれしすぎてよくないと思いなおし、あマリコ？　久しぶりです、アキオですけど、なんてせりふをかえてつぶやいてみたりした。

アルバイトの日々にはすでに慣れていた。目覚ましの鳴る以前に目が覚め、キーちゃんのひとりごとに相槌をうち、配電盤の細かいコードの合間を拭いていく。ブラジルの日替り定食が揚げものと焼き魚しかないことを知り、家具の何もない暮林家の一室で眠る。そんなことにひとつひとつ慣れて、それでぼくは、旅はもう終わっていて、新しい生活がはじまったのだと思いこんでいた。今まで。フトシとカナが遠い暑い場所のにおいをデイパックに詰めこんであの家にやってくるまでは。

そして今ぼくは、自分とはまったくつながりのない配電盤の埃をていねいに拭きながら、暮林さんの家へ向かうときに感じた、自分が湯葉になった感覚をもう一度味わっている。

だからマリコと話したかった。マリコと話さないことには、まちがった場所に戻ってきてだれかの生活を受けついでしまったような違和感を、取り払えないのではないかと思ったのだ。

仕事が終わったあと、ピンクの粉石鹸で手を洗っているぼくのところにキーちゃんが歩いてきて、こすりあうぼくの手を見下ろし、

「っちゅうかねえ、蒸し蒸しするでしょ、最近。どう、帰りにちっと事務所寄って、機材下ろし手伝う？　そのあと、おごるし」

耳元で小さく言った。キーちゃんはけっして真正面から、手伝え、とか、飲みにいくぞ、とかはっきりしたことは言わないが、それでも彼の言いかたはひどく傲慢で、こちらが断るわけがないと信じこんでいるふうに聞こえる。慣れているはずだった彼の言いぐさにぼくはいらつき、

「悪いけど約束あるんで」

冷たく言い放った。

「っちゅうかあれでしょう、近くにさ、いいとこあんの、女の子みんなフィリピンとかタイからきてんだけどもね、みんな日本語しゃべるし、見かけも日本人なんだよねえ。っちゅうかねえ、こう毎日天気がぐずってるとさあ」

まるでタイやフィリピンの女の子を見下しているようなそのせりふにさらにむかつき、

「ってゆーかそんなら日本人のいる店にいきゃあいいじゃないですか、一人で」

投げ棄てるように言って洗面所を離れた。一部始終を見ていたハダが近寄ってきて、気に入られてるねえ、と子供みたいな声で言った。

ブラジルで日替り定食のぶりの照り焼きを食べたあと、酒屋のわきの電話ボックスに入った。十個の番号を押す。男よ出るな、男よ出るなと念じながら呼出し音を聞いた。

「はい」

マリコの声だった。あ、あの、アキオですけど。情けないことにぼくはどもり、声は上ずっていた。

「ああ。何?」そっけなくマリコは答える。半年ぶりだというのに。

「えーと、あの、帰ってきてさ、それで、おみやげ、買ったんだけど、渡したいんだよね」

言いたいことはそんなことではなかったがうそではなかった。マリコのために銀のピアスを買っていた。どこにしまいこんだか思い出せないけれど、荷物を捜せば出てくるに違いない。マリコは何も言わない。受話器からかすかにＴＶ番組の音が聞こえている。食器がぶつかりあう音もする。それらの音の真ん中に、どっしりとマリコの沈黙がある。

「あのあの、たいしたものじゃないんだよね、ピアスなんだけど、えーと、マレーシアに銀を作る町があってさ、そこで買ってみたんだけど」

マリコはまだ何も言わない。電話ボックスの向こうを、頭の禿げた中年男がとぼとぼ歩いていく。マリコが見ているTV番組はなんだろう。

「たいしたものじゃないって言っても、まあ一応、シルバー百パーセントでさ、それなりの値段なんだけど、あの」

「私ピアスの穴つぶしちゃったからピアスならいらない」

マリコは暗記したての早口言葉みたいにそう言った。

「えっ」一瞬ぼくは言葉を失う。冷たい態度をとられることは一応念頭においていたがこの返答は予想外だった。「あっ、ああそう、じゃあさ、あの、あれだ、バティックってあるじゃん、マレーシアで買ったんだよ、バティック。すげえきれいな布。それ渡したいんだけど」バティックなど買っていなかった。言いたいことを言えずそんなうそまでついて、つながった電話を切られまいとしている自分をちらりと嫌悪した。

「布ならたくさん持ってるからそれもいらない」

「えっ」ぼくはまた黙る。「いや布っつってもさ、ただの布じゃなくてだね、バティックというのは」

「ねえ、用はそれだけ？　私今食事中なんだけど」マリコはそう言って、わざと受話器をふさがずに、部屋のなかにいるだれかに向かって、レモンなら野菜室に入ってる、今日買ってきたから、そんなことを言った。

「なんか、怒ってる？」ぼくはおそるおそる訊いた。マリコが息を吸いこむのがすぐ近くで聞こえた。

「どうして私が怒らなくちゃいけないの？　私とあなたはべつに関係ないじゃん、関係ない人に怒ることもないでしょう、ピアスも布も私は必要ないって言ってるだけじゃない」

　ぼくは黙り、しばらく考えて、言った。

「会ってもらえませんか」

「会う必要なんかないんじゃないの？　会いたいとも思わないし」

「じゃあさ、一応、おれの連絡先だけ言うね、ほら、なんかあったとき」

「なんかも何もないと思うからいいわ。じゃあ悪いけど、料理冷めちゃうから」

マリコは言って受話器を置いた。

電話ボックスを出ると、顔のまるい、髪を銀色に染めた女子高生が二人、ドアの真ん前に立っていた。電話ボックスの放つ白い光に照らされて、宇宙人みたいに見えた。二人はぼくを見て舌打ちをし、おせえんだよターコ、と言って笑いあい、電話ボックスに入っていった。

夜空には厚く雲が垂れこめていて、やけに白っぽい闇だった。ポケットに手をつっこんで歩きながら、今日の日替り、うまかったなあととりあえず思った。おせえんだよターコ、という言葉が、マリコが切り際吐き捨てたせりふみたいに耳に残っていた。

タイの北に位置するチェンマイでもいいし、あるいはインドに近いネパールのポカラでもいい、どこかからどこかへ向かう中継地点に位置し、移動にあきた旅行者が少しばかり長く滞在する、溜まり場的な宿というものがどこにでもある。そういう宿はかならずといっていいほど特有の倦みかたをしている。旅行者は現実味のあることをほとんど何も考えていない人ばかりで、ゆるみきった服装をし、しどけない格好で食事をし、意味のない会話を交わし、何も予定のないまっさらな時間のなかに悠々と横たわっている。当然宿の共有場所、シャワー室や談話室やドミトリーは散らかり、汚れ、どこかすさんだ雰囲気になる。宿泊客も従業員もそうしたことにまったくかまわず、散らかったり汚れたりする場所をなんとなくほうっておく。ときおり奇特な旅行者がいて、片っ端から掃除してまわっていることもある。

フトシとカナのカップルが八畳に間借りをはじめてから、暮林家はそういう宿とひどく似た雰囲気になった。フトシはいつもゆるゆるした短パン姿で、カナはムームーという名称がぴったりの、だらんとしたワンピースを着てうろつき、長旅の人がそうであるのと同じに汚れ、少々におった。旅のあいだ洗濯が面倒ではくのをやめた、それに慣れるともう気持ち悪くてはけない、という理由でフトシは短パンの下に下着をつけず、居間でだらしなくまたを広げて座ったフトシの短パンから、横ちんがはみ出していることがあり、そんなこともまた、この場所を安宿化させている要因の一つに思えた。

フトシとカナは何もせず朝から夜更けまで居間でごろごろしていて、通りすぎるぼくや暮林さんを誘っては酒を飲む機会を作ろうとする。自分の部屋にＴＶも一冊の本もないぼくは、彼らの誘いに応じてよく一緒に飲んだ。暮林さんも彼らの誘いを断ることはない。なんの共通点もないぼくらだったが、その日一日のできごとや流れているＴＶ番組について言葉を交わし、話題が尽きると旅の話をした。いくらでも話せた。自分の部屋に戻って一人で何か考えることを避けるかのようにぼくはべらべらと言葉をつなぎ、フトシたちが笑うと安心した。眠るのは深夜をすぎた時間になった。当然六時まえに起きることはつらくなり、毎日のようにいっていたアルバイトも休むようになった。飲まないではいられない自分を忘れるために酒を飲み続ける男のように、移動の中継地点の宿に似た場所で、ぼくはどうということのない話を続け、はしゃぎ、笑った。それは純粋に楽しく、その楽しさに浸りきっていれば、マリコのことは遠く感じられた。彼女はどこかでまだぼくの帰りを待っている、そんな幻想さえ抱くことができた。

ミカコという女は二日前からフトシとカナの部屋に泊まっている。二日前、フトシが連れてきた女だ。二人は夕方になって、段ボールいっぱいに泥つき野菜を詰めこんで帰ってきた。ぼくは暮林さんとカナと三人で、居間でビールを飲んでいた。ぼくらはヤマネさんの帰りを待ち、彼に野菜鍋を作ってもらって食べた。フトシはミカコ相手に、空港で全裸にさせられた話を幾度もくりかえした。こうだぜ、こうして、ケツの穴まで調べられたんだぜ、とフトシはしつこくポーズを作った。彼は酔うたびこの話をするので、ぼくはもう五百回は聞いていると思う。その日の夜、終電に間に合わないと言ってミカコはフトシたちの部屋に泊まり、それからずっとここにいる。ミカコはストレートの黒い髪を腰のあたりまで垂らした、手足のひょろ長い女で、サイケな柄のTシャツなどを着ているからやはりフトシたちと同じくヒッピー的な雰囲気を漂わせてはいるが、つり上がり気味の目や一文字の唇などがまじめな女学生を連想させ、全体的にちぐはぐな印象を与えた。ぼくにとってはあまり魅力的な女とは言えなかった。

ぼくがひどく感心したのは、フトシとカナは、女ともだちがいようがいまいがおかまいなしに性交をすることで、みんなが寝入る午前三時ごろになると、もう聞き慣れたカナのあえぎ声が聞こえてくる。その声は隣の部屋で寝ているぼくのところへ容赦なく届き、条件反射的に目を覚ましてしまう。暗闇に漂うカナの、芝居じみた悶え声を聞きながら、ミカコという女は彼らと同じ部屋でどうしているんだろうと考えた。ひょっとして三人で交わっているのではないかと、耳をすませてみたが聞こえてくるのはカナの声ばかりだった。

ミカコがここに泊まる三日目の夜、暮林さんは友達と会うと言って出かけてしまった。ヤマネさんは一人で食事をすませて、さっさと自分の部屋に戻った。ぼくとフトシとカナとミカコは四人で、居間でTVを見ながら焼酎を飲んでいる。

「ヤマネさんてさーあ、こうして私たちが腹をすかせて酒ばっかり飲んでるわきで、よく一人でごはん食べられると思わなあい」

カナが言った。ヤマネさんだけは彼らのペースに巻きこまれることなく、自分の生活を守っている。フトシとカナが居間で寝転んでいようが、帰ってきて暮林さんと二人ぶんの夕食を作り、食事を終えて自分の部屋にこもり、十一時ごろ家を出て深夜にそろそろと戻ってくる。ヤマネさんは暮林さんの恋人ではないのだとぼくはようやく気づいた。彼は暮林さんに食事を作るという約束で、宿泊費をぼくらより安くしてもらっているだけだった。

「あの人の食ってたあれ、うまそうだったな。豚の角煮みたいなの」フトシが言う。

「なんか残ってるかもよ」ぼくも腹が減っていたので台所へいってみたが、鍋も皿もきれいに洗ってあった。

「あの人きっと童貞だよ」ミカコが言う。「童貞は思いやりがないから」

そしてぼくたちは黙り、焼酎を飲み続ける。私生まれ変わるならこの人みたいな顔になりたい、TVに映ったタレントを指してカナはそんなことを言い、インドで食った苺模様のLSDがほしい、あれはよかったとフトシはひとりごち、だれかの腹が思い出したように鳴った。ぼくは寝転んで暮林さんが散らかしているエロビデオのパッケージを見るともなく眺め、焼酎でなくビールならもう少し腹がふくれるだろうに、と思っていた。

「ねえもっとちゃんとしようよ」

いきなりそう言って立ち上がったのはミカコだった。それぞれTVから目をそらして彼女を見上げる。みんなが自分のほうを向いたのを確認してミカコは、

「おなかがすいてるんだからなんとかしようよ。こうしてたって腹はふくれないんだから」

学級委員長めいた口調で言い放った。それからしばらく考えていたが、

「あたしはごはんを炊く。フトシは酒部隊。カナとアキオくんはおかず部隊。わかった?」てきぱきと指図する。

「米なんかないよ」フトシの言葉に、

「暮林さんたちのをもらうのよ」当然のように言って彼女は台所へ入っていった。

ぼくたちは指図されたまま家を出て、フトシは酒屋方向へ、ぼくとカナは自転車でコンビニエンス・ストアへ向かった。自転車はカナのものだった。鉄の部分がすべてさびた、古い自転車だった。

「あの女むかつく」自転車の荷台に座ってカナが言う。「何かっていうとすぐ、ちゃんとしよう、ちゃんとしようって、人のことをだらしのない腐った魚みたいに言うんだもん」

「でもまあ、あの人がそう言わなかったら食事にならなかったわけだし」ぼくは彼女をかばうようなことを言った。たしかに彼女のさっきの言いっぷりは勘違いした小学生の学級委員長を思わせ、そんな雰囲気は彼女の顔立ちにもあらわれているとぼくは納得していたのだが、ともに彼女をこきおろすのは億劫だった。

「だいたいさあ、軍隊にいるわけじゃないんだよ。部隊って何よ。何がおかず部隊よ。ばっかじゃない」

カナはぼくのうしろで悪態をつき続ける。湿気の多い、蒸し暑い夜だった。自転車をこぐ足に力をいれても、いっこうに涼しくならなかった。カナはぼくの背中にぴったりと体をはりつけて幼稚な悪口を言い続けている。ぼくのTシャツはじっとりと濡れ、はりついたカナの乳房がやけにリアルに感じられた。まああの人にも悪気はないんだし、とか、腹減ってたのはたしかなんだし、とか、適当なことを言ってみたが、夜な夜な聞こえてくるカナの悶え声と背中に当たる乳房を結びつけ、気が遠くなりそうだった。カナをふり落とすように勢いよくペダルを踏んだが、そうすればそうするだけ、彼女はぼくの背中にしがみついて乳房を押し当てる。

コンビニエンス・ストアのまえで自転車をおり、カナはぼくの耳に口を近づけて、

「私は惣菜をねらうからあんたは缶詰をねらって」

と言った。ねらう、というのは、捜す、という意味なのだろうと納得したがそれは間違いだった。ねらうとはその言葉どおり、ねらいをつけて勝手にいただく、ということらしかった。ぼくが缶詰の棚のまえで何を買おうか迷っていると、近

づいてきたカナは、

「何ぐずぐずしてんの」

いらついた声で言ってしゃがみこみ、目のまえの缶詰をわしづかみにしてバッグに詰め、二個をぼくのポケットに押しこんだ。ぎょっとして店員を見た。アルバイトらしい茶髪の青年は、カウンターに漫画雑誌を広げて読みふけっていた。ぼくたちが店を出るころようやく顔をあげ、ありがとうございました、とねぼけた声で言った。

いつも家にいるフトシとカナがどうやって毎日の食料を得ているのか、帰り道でぼくは知った。彼らがあの家にはじめてきたとき持ちこんだビールも、泥つきの野菜も、またときおり二人が居間で食べているコンビニ弁当なども、すべてどこかから勝手に持ってきたものらしかった。駅前の、ヨネザワマートは難しいけれど商店街を少しいったところにある、セイフーなら従業員が少なく、しかもみんなやる気のないアルバイトばかりでねらうのは簡単であること、野菜なんてこのへんの畑のものを夜中に持ってくればいい、コンビニなら今いったサンクスが一番、次は図書館へ向かう途中にあるファミマ、酒類なら風呂屋の通りにナカタ酒店の倉庫があって夜なら楽勝、昼間だったら駅前の酒屋の店頭に並んでいるものをねらえばまずＯＫだと、先ほどまでの悪口など忘れて、自慢気にカナは説明した。カナがぼくのポケットに押しこんだのは、大きさからいってさんまかツナの缶詰らしく、ペダルをこぐたび、二十代半ばにして万引きをしたことが情けなく思えた。

その夜、二時をすぎて四人の宴会はお開きになり、フトシとカナが風呂に入るというのでぼくは先に自分の部屋へ戻った。布団を敷いていると襖が開いた。廊下の弱い白熱灯に照らされて、ミカコが立っている。

「今日ここに泊まってもいい」ミカコは小さな声でささやいた。

「いいけど、ふとん一組しかないよ」

ミカコは何も言わず部屋に入って襖を閉め、敷いたばかりのふとんにもぐりこんだ。そうしてぼくを見上げ、

「ラジオ聴いてもいいかな」と言った。

「いいよ、どの局」

ぼくは言って小型ラジオをつける。彼女はふとんから這い出し、ガーガーと音を鳴らして局を選んでいる。男の声が流れてきたところで手をとめ、またふとんにもぐりこんだ。電気を消し、その隣に入る。腕が触れた。風呂場でぶつかったヤマネさんとは違い、骨なんかないんじゃないかと思うくらいやわらかかった。彼女の呼吸がすぐそばで聞こえ、酒のにおいがきつく漂う。暗闇のなかに、やけに明るいDJの声が響く。彼女がどうしてわざわざ聴きたがるのか不思議に思うくらい、どうということのないラジオ番組だった。DJはリスナーからの葉書を読みあげ、曲の紹介をし、安っぽい歌謡曲が流れる。

「どうして」このラジオが聴きたいのか、と訊こうとして口を開くと、

「しっ」と彼女は遮った。

風呂場から出たらしいフトシたちが隣の部屋に入る物音が聞こえ、低い話し声が続いた。話し声はすぐさま性交中継になった。カナのあえぎ声がはじまると、ミカコはぼくに体をすり寄せてきた。ぼくの左腕を抱きかかえるように体をすり

つける。彼女の乳房の合間にぼくの腕は挟まっていた。

もう、雨降りむかつく！　というのは、私のうちから駅へ向かう途中で新築工事をしているんだけど私はここで働いている作業員の一人を好きになってしまったの。雨が降ると、新築工事はお休みで彼の姿を見ることができません。だから毎日、てるてる坊主を作ってるのに、あんまし効果ないんだよなー。こんな私のリクエストをきいてください。というわけで××県にお住まいのペンネームてるてる坊主さんからのリクエスト、どうぞ――

体をすりつけたままミカコがもぞもぞと動くので、ぼくは彼女におおいかぶさった。唇を吸って、片手で乳房をつかむ。今にも彼女が、「ちゃんとしようよ！」と立ち上がるのではないかと気が気ではなかったが、彼女はされるままになっていた。隣の部屋からひっきりなしにカナのあえぎ声が聞こえてきて、今日の彼女の声はなおのこと大きく、カナと寝ている気分になった。雨がトタンを打つ音が聞こえてきた。ミカコのパンツを脱がせながら、早くも自分が落ちこんでいるのを感じていた。それでもぼくは自分の手をとめなかった。

ぼくの金がなくなったのはそれから一週間もしないころだった。暮林さんの家から銀行までが遠いため、まとめて金をおろし、それをデイパックの内ポケットに入れておくのだが、五万あるはずだと思ったのが二万しかない。利用明細を調べるとぼくは前日たしかに五万おろしていて、使った覚えがまったくないのに三万がない。そのとき暮林さんの家には、きまった住人のほかに、三人いた。ミカコはあいかわらず自分の家に帰ろうとせず居続け、フトシとカナの八畳に泊まったりぼくの部屋に泊まったりしており、あとの二人はやっぱりフトシの友達という、若い男の二人組だった。

薄暗い自分の部屋に、デイパックの荷物をすべてばらまいて、パスポートやメモ帳のあいだや、あらゆるところを捜しながら、盗まれた、とぼくは思っていた。二人組の男の一人がどうもあやしい。二人組のうち一人はカツと呼ばれていて、髪を短く刈りこんだ、気の弱い犬のような顔をした二十歳の男で、もう一人は髪は見事な金髪なのに太い眉毛が黒々とした、図体がでかく唇のぶあついペルーと呼ばれている男だった。当然のようにぼくはペルーを疑った。

　二人はおとついきて、ずっとフトシたちの部屋に泊まっている。風呂にも入らず、八畳からほとんど出てこない。フトシは日中は八畳の襖を開け放っているので、トイレにいったり風呂にいったりするたびに、なかのようすがうかがえる。フトシカップル、男二人組、ミカコの五人はおとついからずっと、賭けトランプをしていた。さすがにフトシとカナの果てしない性交はおとついからストップしている。

　汚れた下着やシャツをまとめ、洗濯機置場へいく。いきがてら、襖の開いた八畳をのぞき見る。彼らはまだトランプをしている。昨日まではしゃいで奇声を発していたが、今はみんな額をつきあわせ、たばこの煙が立ちこめる部屋で黙々とカードを切っている。こちらを向いて立て膝をついているペルーが顔をあげ、目があう。ペルーはぶあつい唇を開いて笑いかけた。ぼくは目をそらして廊下を進む。

　青空というものはこんなにも青かったのかと、しみじみ思ってしまうほどひさしぶりの晴天だった。洗濯の終わった衣類をかごに詰め、縁側に座って、洗濯物を干す暮林さんの姿を眺めた。暮林さんは鼻歌をうたいながらシーツを干し、Tシャツを干し、小さな靴下を干していく。暮林さんの家の庭には雑草が生い茂っていて、隅に黒ずんだ植木鉢や、さびたバケツなんかが転がっている。

「晴れると気分がせいせいするよねー」

靴下に洗濯挟みをとめながら言う暮林さんに、金がなくなったんだ、とぼくは言った。五万あったのに三万なくなってるんだ、と。暮林さんはたいして驚きもせず、ぼくをふりかえりもしないで、

「鍵つけたら？　もちろん自費で」

そう言った。鍵？　ぼくは訊いた。

「私はつけてるわよ、ヤマネさんも」暮林さんはかごのなかから下着を取り出して、まるいハンガーに一つずつとめていく。

「本当？　いつから？」意外だった。

暮林さんはぼくをふりかえり、

「あなたがきたときから」と答えた。

「えっなんでよ」

「だって信用してないもん」

「ひでえな、おれが信用できないって思いながら泊めてくれたわけ？」

「そうじゃなくてさ、当然のことでしょ。だってあなたドミトリーに泊まって、デイパックに鍵つけずに、パスポートもチェックも置きっぱなしにして、町をふらふら歩ける？　そういうことだよ」

　暮林さんはそれだけ言って、また鼻歌をうたう。ぼくはうらめしげに、彼女が干していく、ストライプのパンツやベージュのブラジャーを見つめた。監視のゆるい店から品物を持ち出して生活しているフトシやカナや、ふらりとやってきて帰らないミカコや二人の男たちを信用していないというなら理解できるが、自分もはなから疑われていたとは心外だった。しかし彼女が言うように当然のことであるような気もした。

「私干し終わったから、次どうぞ」

暮林さんは縁側にあがり、ぼくはのろのろとサンダルをはいた。あいたスペースに洗濯物を干していくぼくを、暮林さんは縁側に腰かけてビールを飲みながら眺めている。伸びきった雑草がすねにあたってちくちくと痛かった。

「なんでさあ、信用してない人たちを平気で泊めたりできんの、おれたちだけじゃなくてさ、最近、いろいろ出入りしてるじゃん、気にならないの、そういうの」

暮林さんの隣に腰かけ、ぼくは訊いた。まるいハンガーにかかった暮林さんのパンツやブラジャーが緩やかな風にくるくるまわる。それはあんまり色っぽくはなくて、妙に律儀な感じがした。

「おばあちゃんがのりうつったのかも。旅館やりたいって思ってたおばあちゃん」

「旅館やりたいの?」ぼくは訊いた。

「うーん、そうだなあ。日本の旅館て高いでしょ。一泊千円以下なんてまずないしね。だからそういうゲスト・ハウス的旅館をやるのもいいかなって思えてきて、おばあちゃんのそういう願いが残ってて、のりうつったのかもって、最近思う。だってね、昔の人の願望って、すごくシンプルな気がするのね、シンプルなぶん濃くって、だから怨念じゃないけど、残ってて、私に感染してくるような気がすんの。だとしたら信用できる客なんかいないわけだし、客に信用なんか求めちゃいけないじゃない」

「おばあちゃんの願いねえ」ぼくはなんの感慨もなくくりかえしてみた。

「ビール飲む？」暮林さんは掌のなかの缶をつぶして、ぼくに訊く。飲むと答えると、冷蔵庫から二本出してきて一本をぼくに渡した。プルタブを開けるぼくに、

「二百三十円だから、あとで払ってね」

そう言って二本目を飲みはじめる。暮林さんが縁側に置いたつぶれた空き缶が、太陽の光を吸いこんで反射し、シーツに白いゆがんだ円を描いていた。

夕方、賭けトランプに興じていた五人は、肉だ肉だと奇声をあげながら出かけていった。五人の騒々しい気配が玄関の引き戸から出ていくのを聞きながら、ぼくと暮林さんは向かい合って座り、ぱりぱりに乾いた洗濯物をたたんでいた。

「人がいっぱいいてわやわややってると、なんだか安心する」

　暮林さんはタオルを四角くたたみながら、作文を読み上げるような口調で言った。居間のガラス戸の外は、ひどくゆっくりと淡い紺色に染まっていった。

「でもおれときどき眠れないぜ、すぐ隣がフトシとカナだろ、あいつら夜中じゅうくっちゃべってたりするし」少し考えて、つけたした。「いちゃついてたりするし」

「ねえでもさあ。私、アキオくんに会った旅行、はじめて日本の外に出たんだけど、タイに二週間、ネパールに二週間いたのね。はじめていった外国がタイで、それで安いゲスト・ハウスに泊まってさ、中国か台湾の人が団体できてて、彼らはずっとしゃべったり騒いだりしてるの、部屋のドア開け放って。咳するんだけど、その咳のしかたとかもさあ、ごわごわごわがーーっぺっ、って、親の敵みたいな大音量でするわけよね。最初眠れなくていらいらしたけど、三日泊まってたらなんとなく安心した。そういうことってない？」

「きょうだい多かったの？　線路沿いに住んでたとか？」子供のころぼくは幹線

道路沿いに住んでいて、ときおりおばあちゃんちに泊まりにいくと、あまりの静けさのために落ちつかず寝つけなかったことを思い出して訊いた。

「違うけどさあ。ほら安っちい宿って、フロントなんかないようなもんで、だれでも入ろうと思えばなかに入れるし、部屋の鍵なんかも体当たりすればすぐにこわれるような代物でしょ、そんななかでたった一人で寝てるとね、生きてるのが不思議に思えてくるのよね。だってだれかが私をねらって、身ぐるみはいで殺すぐらい、やろうと思えばじつに簡単なことで、でも私はだれにもねらわれずにそこに寝てる。そういうことが不思議に思えてきて、考えてるとどうしてだれも殺しにこないんだろうって、どんどんへんなこと考えちゃって、そんなとき、ああいう団体客がわやわややってものすごい咳なんかしてると、安心して眠れた。男と女だから違うのかな？」

暮林さんはたたんだ洗濯物の上に両手を置き、そんなことを言った。暮林さんと静まりかえった場所で、こういう話をしていると、ぼくらはまだカトマンズのホテルの屋上で、遠くかすむ山のシルエットを見て、心に思うことをそのまましゃべっているような気がしてくる。

ゃべりあっているような錯覚を抱いた。通りすがりの人だから気軽に何でも言ってしまえる、ガードのなさで。

「でもそういう安宿とここは違うじゃん」

「違うけどおー」暮林さんは立ち上がる。「帰ってきてもやっぱり思うんだもん。だれかが押し入ってきて殺されるかもしれない、それは簡単なことかもしれない、とかね。そんなこと考えてるよりは、ああいう人たちがいちゃついたり騒いだりしてるほうがよっぽどいい」

そう言って、洗濯物を抱えて自分の部屋に戻っていった。おばあちゃんの願望なんていうのは思いついたでたらめで、結局暮林さんは一人でいることが苦手なだけかもしれないと、ちらりと思った。

口々に肉だと騒ぎながら出ていった五人は、外で焼き肉でも食ってくるのだろうと思っていたが、それぞれふくらんだスーパーの袋を持って帰ってきた。五人は居間になだれこんできて、スーパーのビニール袋から中身を取り出していく。すべてが見事に肉だった。豚ばら、ロース、味つきカルビ、牛タン、牛の切り落とし、ラムまであった。

「言っておくけどこれはね、持ってきたものじゃないから。きちんと金を払って買ってきたものだから」

畳にばらまかれた様々な肉に見入るぼくを見下ろして、得意げにカナが言った。

「暮林さん、くればーやーしーさあーん、ホットプレートってあるー？」ペルーがなれなれしげに言いながら、暮林さんの部屋に向かう。

ホットプレートを囲んで肉だけの夕食になった。「日ごろの感謝をこめて」暮林さんとぼくも一緒に食べようとフトシが言い、ぼくらも輪に加わった。七時過ぎにヤマネさんが帰ってきて、一緒に食べないかとカナが誘っていたが彼はことわり、一人で何か作って台所で食べていた。

三日間に及ぶ賭けトランプで勝利を収めたのはフトシとミカコらしく、彼らは三人から金を巻き上げ、それで肉を買えるだけ買ったのだとしゃべった。

「肉食わないと力が出ねえんだよ」フトシが言い、

「でも肉ばっか食ってると体臭がかわるってこのまえＴＶで言ってた」カツが言

い、

「うち昔すき焼きっていうと豚肉だった」暮林さんが言い、

「このラム腐ってない？　腐ってない？」ミカコが大声をはりあげていた。

直径二十五センチほどのホットプレートに、敷き詰められるだけ肉を敷き詰めても、だれかの箸が伸びてきて、ほとんど焼けないまになくなってしまう。きちんと金を払って買ってきた、というカナのせりふや、トランプで金を巻き上げた、というフトシのせりふを思い出し、ぼくはふと、この肉すべての出資金はぼくのものであると直感した。おそらく三万を盗んだペルーがそれを見せ金として賭けトランプをはじめ、彼が大負けして金はフトシとミカコに渡り、そうして今目のまえにおびただしい肉となって並んでいるに違いない。ということはこれはぼくの肉である。そう思うと箸を持つ手に力がこもり、ぼくはがぜんはりきって、並んでいく肉を生焼け状態のまま、人にとられるまえに自分の皿にぶちこんで食べた。がっつくあまりビール瓶を倒し、床を濡らしてしまった。雑巾で畳を拭きながら、その合間にも肉を食べ続けている彼らを上目遣いで見つめていると、カナ

がぼくを見下ろして、

「そういうことってあるよね」

と妙に同情的な口調で言った。

ぼくの向かいに座ったペルーは見かけによらず気のつく男で、だれかのコップがあくとビールをつぎたしてやっている。しかも彼は無口で、人の話に心のこもった相槌をうってはにこにこと笑顔を絶やさない。金を盗んだのはペルーではないのかもしれないと思った。ミカコかもしれないしフトシかもしれない。ぼくはここにいるだれのこともよく知りはしないのだ。金を盗んだのは暮林さんだと言われればうなずけそうな気もし、ヤマネさんだとしても納得できそうだった。だからぼくは食うしかなかった。とっくに満腹になっていたが、肉があるかぎりぼくはホットプレートに箸を伸ばした。

たとえば三万を盗まれたとしても、さほどいたくないほどに金はあった。一日働いて一万二千円もらえる仕事を、ほぼ一か月続けたわけで、しかも家賃は一日三百円、食事をおごるべき彼女もおらず、一晩でぱあっと金の消える飲み会などもなく、映画も観ない、CDも買わない、当然金はあまる。一か月くらい働かないでもよかったが、それでもぼくはハダに電話をかけ、アルバイトの空きを尋ねた。

またどっかいっちまったのかと思ってたよ、ずっときてたのにすこんとこなくなるんだもん、キーちゃんさびしがってたぜ、ハダはそう言って、三日後のアルバイトと集合場所を教えてくれた。仕事を入れると安心した。フトシたちとともに、働かない、何もしない、寝て起きて飯を食い酒を飲むだけ、という日々は楽しいのだが同時に、ミカコと寝る寸前に味わった落ちこみ気分をわけもなく感じるのだった。

そうして三日後、みんなに目覚まし時計を借りまくってなんとか六時まえに起き、遅刻せずに仕事にいった。機材を下ろし、自分たちの休憩場所を確保する。休憩道具はいやに充実しており、ぼくが要求して手に入れたクーラーボックスばかりでなく、砂浜に広げるようなでかいパラソルや、折り畳み式のいすまでが取り揃えてあった。

「っちゅうかまず、休憩ね、休憩」

あいかわらずもそもそとしゃべるキーちゃんにぼくは近づき、

「なんか豪華っすね」

と笑顔を見せたのだが、彼は無視した。しかもアルバイトみんなに一本ずつ渡していく缶コーヒーを、ぼくにはくれなかった。

「あああ。すねさせちゃった。だめじゃん」

金田くんが笑って言い、自分の缶コーヒーを半分くれた。

キーちゃんのよそよそしさに戸惑いを感じたぼくは率先して働き、ことあるごとにキーちゃんに近づいては「お子さんもうすぐ夏休みですね」「ご家族でどちらかいかれるんですか」などと笑顔で問いを向けた。キーちゃんはことごとく無視した。汗の玉のしたたり落ちる、肌の毛穴の開ききった横顔を向けたまま、

「っちゅうかほら金田くん金田くん、あれ持ってきて、っちゅうかあれでしょこは」そんなふうにべつの人に話をふってぼくの質問を遮るのだった。

仕事はいつもより早く、三時半には終わったのだが十八時間働いたかのように疲れきっていた。キーちゃんはぼくらを最寄り駅まで送ってくれることはせず、さっさと一人でバンに乗って帰っていった。

「はじめてできたお友達だったのにアキオちゃん冷たくするからさあ」藤野くんが言い、

「フィリピンパブ断ったのがまずかったよね」金田くんが言い、

「いや、日本人の店にいってみろってのが一番まずかったんじゃないの？」ハダが言い、

「やっぱ突然こなくなったのが一番の原因だと思うけど」ときどきしかこない高原くんが言った。

「でもクーラーボックスとか買ってもらえたのはやっぱアキオくんのおかげだよなあ」金田くんがぼくを慰めるようにつぶやく。

「でももう無理だろうな。おれ製氷器もほしかったんだけど」藤野くんが舌うちをした。

キーちゃんとぼくの関係悪化を憂う話題は駅まで続いた。四時を過ぎたのに太陽はまだ間抜けに上空近くで照りつけていて、梅雨は終わったんだろうかと考えながら歩いた。

ブラジルで食事をして、帰ったのは七時半だった。居間では暮林さんとペルーが膝を抱えて寄り添いあうように座り、一緒にアダルトビデオを見ていた。二人はときおりビデオを一時停止して、「そこは女の子のせりふとして書くより、男側の言葉のほうが強いんじゃない?」「ぼくのものを根元までくわえこんだまま彼女は、白眼をむいて悶える、とか? そんなんありがちじゃない」「そうじゃなくてさあ、たとえばね」などと真剣に話し合っていた。ペルーは暮林さん相手なら饒舌になるみたいだ。ぼくは彼らのわきをすり抜けて台所へいき、自分の名前の書いてある紙パックの麦茶を冷蔵庫から取り出し、そのまま口をつけて飲んだ。台所ではヤマネさんが一人で食事をしていた。味噌汁と野菜の煮物、焼き魚を床に並べて静かに箸を動かしていた。

「ヤマネさんてどんな仕事してんの」麦茶のパックを戻してぼくは訊いた。

「いや、や、なんて言うのか、あの、紐縛り」ヤマネさんは箸を持つ手を止めて答える。「紐？　縛り？　何を縛んの？」

「し、新聞、雑誌、などを」ヤマネさんはそう言って箸でつまんだ菜っ葉をじっと見ている。

「ずっと？」

「ええまあ、一日、はは、縛って」

次の質問を待つようにヤマネさんは動きを止めたままでいる。

「毎日？」

「し、縛るものは、いくらでもあるもんで」ヤマネさんはそう言って、はは、と笑い、ようやく箸を口に運んだ。

風呂場へ向かうときフトシたちの部屋の襖が開いていたので横目でのぞき見ると、カナがたった一人、電気をつけない部屋で寝そべって天井を見ていた。人の気配に気づいて首を向け、アキオくん、アキオくん、とぼくの名前を呼ぶ。

「私さあー、ものすごいゲーム発明しちゃった。一緒にやんない？」カナは言う。

「風呂入るから」ぼくは言って風呂場へと向かう。

電気掃除の仕事のあとに頭を洗うと泡は真っ黒になる。髪がかさついて櫛通りが悪くなるとわかっていても、ぼくは何度もシャンプーをすりつけて、泡が白くなるまで洗い続ける。排水溝に流れていく、灰色の泡のなかに、今日一日の自分の姿が浮かぶ。あの小さな太ったおやじに、腹話術の人形みたいに薄気味の悪い笑いをはりつけ、子供のことだの夏休みのことだの知りたくもない質問をしていた、そういうことがごくごく自然にできてしまう自分が、ビデオで再生されるように浮かんでは泡とともに流されていく。幾度目かのシャンプーを頭にぬりつけながら、ぼくはようやく、フトシたちの登場以来感じ続けていた違和感の正体を少しだけ理解する。自分のまえにもう一人よく似たやつがひっついているのだ。そいつはいつも中途半端な笑みを浮かべて、ぼく自身が何か考えたり疑ったりするより先に、あてがわれた場所にいち早くなじんでみせ、条件反射的に言葉をつなぎ、おもしろくもないのに馬鹿笑いをし、それでうまくやっていると信じている。実際そいつに立ちまわらせておけば日々はとどこおりなく過ぎていくのだ。

つねにぼくのまえに立ちはだかる、猿みたいなその男を脱ぎ捨てるように、がむしゃらにシャンプーを泡立てた。

風呂からあがると八畳の襖はまだ開いており、カナはさっきと同じ格好で首を持ち上げてぼくの名前を呼んだ。

「ねえ聞いてよー、私が発明したすごいゲームっていうのはねー、題して人間点数ゲーム」

「悪いけど、眠たいから」

ぼくは言って通りすぎ、冷蔵庫からビールを取り出して自分の部屋で飲んだ。ねえー、すごくおもしろいんだよー、このゲーム、廊下を伝ってカナの叫び声が聞こえてきたが、聞こえないふりをしているとそれはやんだ。

ふとんに横たわって豆電球の小さな明かりを見る。小さな虫が螺旋を描いて飛んでいる。アルバイトにいくのはもういやだった。仕事はきつくないし、だんだん要領ものみこめてきたのだが、キーちゃんに無視されたり機嫌をうかがったり、そういうことをもうしたくなかった。明日からどうしよう、金はあるけれど、とりあえずほかのアルバイトでも捜したほうがいいのだろうか。ふとんに横たわってそんなことを考えていると、襖がそっと開いた。カナが立っている。カナはなんにも言わず後ろ手で襖を閉めて、ぼくの部屋の電気もつけず、するりとふとんに入ってきた。

「フトシたちは？」彼女に触れないよう体をずらしてぼくは訊いた。

「たちって？」カナは首を傾けてぼくをにらむ。

「フトシとミカコ」

「さあ。知らない」どこかとげのある言いかたで答え、カナはぼくに少し近づき、天井を向いて話しはじめる。「人間点数ゲームっていうのはね、その人をいろんな面から点数に換算していくゲームなの。持ち点は一人十点で、たとえばミカコだったら、社会性はあるか、えばってるけどないよね、だから一。愛情表現能力は？　ゼロってところでしょう。依存度は、無限大としたいところだけど十。こんなふうにやっていくわけ」

カナがやりたいのはゲームではなくミカコの悪口大会ではないかと思ったが、

彼女がそうしてぼくにつけるだろう点数を訊いてみたくもあった。彼女のつける点数で、そういう至極簡単で単純な方法で、外側から見える自分を眺めてみたい気がした。

「ペルーってだれの知り合い？」カナからふたたび体を離して訊く。

「フトシ旅行いくまえ飲み屋でバイトしてて、そのとき一緒だった人」

「彼はなんでここにいるんだろ」

「わかんないの？　暮林さんにぞっこんだからにきまってるじゃん」

カナはそう言ってぼくにぴったりと体をつけて、チョコレートくさい息を吐いて笑った。

「そうなの？　あいつ、暮林さんが好きだからいるわけ？」

「あんたって鈍感ねー、ばればれじゃん。あっ、ひょっとしてあんたも暮林さんねらい？」

「違うけど」

そう言ってぼくはさらにカナから離れる。ふとんから完全にはみ出ていた。カナは天井を向いたまましばらく黙りこんでいたが、急にぼくにおおいかぶさって首に腕をまわしてくる。カナのぱさついた茶色い髪が顔じゅうにかかって、くすぐったかった。カナはぼくの首筋に唇をはわせる。生暖かく、やわらかかった。

カナはぼくの首や顔をなめまわしながら片手で股間のあたりをまさぐり、パンツのなかに手を差し入れてくる。体のなかにそういうスイッチがインプットされているように、ぼくはほぼ自動的にカナの肩を抱いて胸を触った。カナはヤマネさんを連想させるほど骨っぽかった。乳首をいじるとカナは、うはーん、と聞こえる吐息を漏らし、それでぼくはあわてて手をひっこめた。この女の声はでかいし、それに、フトシたちが帰ってきたらたいへんなことになると、ようやくまともなことが考えられるようになり、ぼくはおおいかぶさっているカナをひっぺがした。それでもカナは乳を求める子犬のようにしつこくぼくの上によじのぼり、濡れた唇を押しつけてくる。しばらく無言でぼくらは押し合いへし合いをしていた。そんなことをしているうちに勃起しかけた性器は萎え、玄関の引き戸がそろそろと開く音がしたのでぼくは全身の力をふりしぼって彼女を押しのけ立ち上がった。

「フトシたちだよきっと」

そんなことを言いながら自分の部屋を出ると玄関にいたのはヤマネさんで、部屋から飛び出てきたぼくを見て体をこわばらせている。

「あっヤマネさんお散歩？　一緒にいくよ、眠れなくてさ」

早口で言いながらぼくはジャージをずりあげてビーチサンダルをはいた。開いたままのぼくの部屋から、臆病もの！　とカナの声が聞こえてきた。

臆病ものというのもずいぶん型にはまった言いぐさだとヤマネさんの数歩後を歩きながらぼくは思ったが、そんなことが言いたいのではなくてカナはただぼくをいやな気分にさせたかっただけかもしれない。

やっぱりぼくのまえにぺたりとはりついた男がもう一人いる。薄ら笑いを浮かべているそいつは、隣の部屋の女が恋人不在のため迫ってきたら、フトシが帰ってくるかこないかすばやく見極め、もし帰ってこないという確証があるのなら確実に寝ていたはずで、しかも迫ってきたのはそっちじゃないかというういわけまで平気で用意するだろう。そいつはけっして傷つかない、戸惑わない、否定しない、疑問を抱かない。もしカナがさっき言っていた珍妙なゲームでぼくを細分化し点数をつけたとしたら、あらわれるのはぼくではなく、薄ら笑いのそいつの姿に違いない。ぼくによく似たこの男はいつからぼくのまえにいるのだろう。そうしていったいなんだって、ぼくはそいつのあとにおとなしくくっついて、彼がこびを売ったり寝たくもない女と寝ているのを黙って眺めているのか。そのあとかならず落ちこむくせに。

ヤマネさんは片手にスーパーのビニール袋をぶらさげて、ぺたぺたとサンダルの音を響かせて歩く。こちらが何か思案にふけっていても彼はけっして何か尋ねたりしないし、どうして夜半に自分の部屋を飛び出してきたのか訊くこともない。夜空は薄明るく、這うように移動する雲のかたちがはっきりと見えた。かすかだが風が吹いていていて、それほど蒸し暑さは感じなかった。

「ヤマネさんていつも夜にどこかいくでしょ？　どこにいってんの？」

この人は自分のまえにだれかはりついているなんて、きっと考えたことはないだろうと思いながら、先を歩くヤマネさんに声をかけた。ヤマネさんは号令をかけられたようにぴたりと立ち止まり、ふりむいてぼくの足元のあたりを見て答える。

「と、と図書館の先までいくんだよね」

「ふうん。ブックポスト?」ヤマネさんの手にしたビニール袋を見てぼくはまた訊く。

「いや、と図書館ではなくて、そ、その先なんだよね」消え入りそうな声で言ってまた歩きはじめる。

住宅街を走るまっすぐな道の両側に、白い街灯の光がずっと続いていて三面鏡を思わせた。ときおり食べもののにおいがした。においは見えない固形物のように決められた場所に漂っていて、ある家のまえでは揚げもののにおいがし、一ブロック先ではだし汁のにおいがし、それらはけっしてまじりあうことなくきっちりと居場所を守っていた。角を曲がるヤマネさんについていくと住宅街のなかに埋もれるようにして公園があり、木々の合間につきでた時計盤の針が十一時半を指していた。

ひっそりと静まりかえった図書館をすぎて、暮林さんの家の近所に比べるとわりあい新しい住宅が建ち並ぶ区域を歩き、ヤマネさんは突然ある家のまえで立ち止まった。その家は一階部分が駐車場で、右側に玄関へと続く階段が延びている、やけに長細い建物だった。表札には野崎と書かれていた。薄暗い駐車場に車はとまっておらず、埃まみれの自転車が二台と、あとは黒ずんだ段ボール箱やスチロールの箱が雑につんであるきりだった。ヤマネさんは臆することなく駐車場の入り口まで進み、しゃがみこんでビニール袋から何かを取り出している。真四角の薄暗い空間から何ものかの気配がする。暗闇から絞り出されてきたかのように、中型犬があらわれた。長いことブラシをかけられていないような薄汚い犬で、それでも愛敬のある黒い丸い目玉をしていて、ヤマネさんを見て気が違ったようにしっぽを振っている。

「チロ、チロ」ヤマネさんは小声でそう呼びながら、ビニール袋からラップをかけたプラスチックのトレイを取り出し、犬の鼻先に置いている。犬はしっぽを振ったままトレイに顔を埋めるようにして食べはじめる。のぞき見るとトレイには、ヤマネさん本人の夕食より格段に豪華な、ステーキ定食らしきものが盛りつけられていた。ヤマネさんは犬と向き合ってうっとりした表情で犬の背をなでる。あまりにも心地よさげにそうしているものだから、ぼくも導かれるようにしてヤマネさんの隣にしゃがみ、ステーキ定食を食べる犬の背中にそっと触れた。毛は絡まりあっていてところどころかたく、あまり気持ちのいい触り心地ではなかった。しかもまさに汚れた犬のにおいとしか形容しようのないけものじみたにおいが強く鼻をついた。入り口に座って目を凝らしていると駐車場の内部が次第に見えてくる。雑然とつまれた段ボール類の奥に犬と同様に汚れた小屋があり、犬の首についた紐はそこからつながっていた。「チロ、チロ」ヤマネさんは熱烈に愛している女を抱くときみたいな口調でささやき続けている。

「チロっていう名前なんだ。ここの人、知り合い?」ヤマネさんの隣でぼくは訊いた。

「いや本当はチロではなくてボンゴって言うんだよね、あそこに犬小屋があるでしょう、それにペンキでボンゴって書いてあるから。チロっていうのはぼくがつけた名前でね、ここの人とぼくは知り合いでもなんでもないけれど、とにかく彼らはものすごくひどい人たちなんだよね、犬を飼ったはいいものの、散歩にもいってやらないしときには餌もやらないで平気なわけ、ぼくが推測するにここんちには今年大学に入った娘がいるんだけど、あの子が中学くらいのころねだってねだって犬を買ってもらったんだと思うんだよね、でも結局女なんて大学に入ってしまえば楽しいことといろいろあるわけじゃない、それで娘も親も世話しなくなった、そういう陳腐な顛末だと思うんだけど」ヤマネさんは別人格がのりうつったのかと思うような攻撃的な早口で言い、そこで言葉を切って大きく息つぎをしてふたたび口を開いた。「それでぼくはこの犬の身柄を勝手に引き受けたわけ、名前もかえてね。最初のころなんかこの犬散歩もいけないしご飯にもありつけないしでちょっとした人間不信になってて、ぼくがきても唸るだけだったんだよね、あ、ちなみにこいつ鳴けないの、たぶんうるさいから喉のあたりいじられたんだと思うけど、それでまあ数週間かけてここまでにしたんだよね、チロっていうのはだからただの名前じゃなく生まれ変わったこいつの新しい人生の象徴なわけ」

ぼくはあっけにとられてヤマネさんを見ていた。攻撃的な口調とは裏腹にヤマネさんは穏やかな目つきでチロを見つつ背中をなで続けている。

「あ、じ、人生じゃなくて、はは、犬生、か」

ぼくの胸元のあたりに視線を落としてそう言ったときはもういつものヤマネさんだった。

「いつもこうしてご飯やりにきてるの？」さほど触り心地のいいわけではない犬の背をなでながらぼくは訊いた。

「ええまあ、毎日」ヤマネさんは言って、はは、と乾いた笑い声を漏らした。

餌を食べおえたチロは前足をヤマネさんの膝にかけて彼の顔をべろべろとなめまわしている。ヤマネさんは恍惚とした表情でしばらくチロとじゃれあって遊んでいた。

「毎日チロのごはんをべつに用意するんだ」ぼくたちには一度も見せたことのない笑顔で犬とたわむれるヤマネさんを見てつぶやいた。

「ぼ、ぼくの犬ですから、これは」ヤマネさんはチロを両腕で抱きしめて言った。「餌をやり、名前をつけ、そ、そうしたらもう完全にぼくのものです」

犬の顔を両手で包み、女にそうするようにそっとくちづけをしてヤマネさんは、「なっ、きみはヤマネチロだもんな、なっ」やわらかい声で犬の耳元にささやいていた。

完璧な夏になってしまうと暮林さんの家はひどく暑く、玄関の戸をつねに開けてすべての窓を開け放っても入り組んだ間取りの隅々まで風が通るということはほとんどない。ミカコがきてからもう一か月もすぎようとしているがあいかわらず彼女はこの家に居続けている。最初のうちはフトシの部屋とぼくの部屋をいったりきたりしていたが最近は、風呂場のわきの四畳の部屋を一泊いくらで暮林さんに借りてそこで眠っているらしい。ペルーはといえばこの家に住みついてこそいないが週に三日か四日はかならずきて、暮林さんにべったりとはりついている。暮林さんはそれをさして迷惑にも思っていないらしく、ときおりはペルーを自分の部屋に泊めたりしているようすだった。それでも二人が恋人同士であるのかないのかははっきりしない。ヤマネさんはペースをかえることなく七時過ぎに自分と暮林さんのぶんの夕食だけ作り、二人でちゃぶ台で食事をし、ペルーは居間に寝転がってTVを見ている光景を幾度か目にした。

持ち金は徐々に少なくなってきていた。あれ以来ぼくは自分のデイパックに三種類の鍵を取りつけているから盗まれたのではなく自分でつかっているのに違いない。ハダから何度もアルバイトの電話をもらったが、そのいっさいをぼくは断っており、金が減っていくのは至極あたりまえのことなのだが、やはり自分がここにいるというだけで金は必要だということをひしひしと感じずにはいられない。

午前中を涼しい図書館で過ごし、昼飯を食べてアルバイト情報誌を買い、喫茶店でそれを隅々まで眺めて夕方暮林さんの家に向かった。

玄関へ足を踏みこんだ瞬間、いつもとは違う、何かいやな感じがした。こもった熱気のせいではなく、いつもとどこおりなく流れている空気が止まったままゆがんでいる。土間に散らばっている靴の中に靴を脱ぎ捨てて廊下にあがる。

いやな感じというのはどうやら居間から流れ出ている。関わり合いにならないよう自分の部屋に直行しようか、しかし居間で何が起きているのか興味もあり、しばらく迷って廊下に立ち止まったままアルバイト情報誌をぱらぱらめくっていたとき、ふざけんな馬鹿野郎、という叫び声が聞こえてきて、おそるおそる居間をのぞいた。ヤマネさんを除く全メンバーがそろっていたが、だれも襖から顔をのぞかせたぼくに気づく人はいない。

叫んでいたのはカナで、ちゃぶ台をはさんで彼女と向き合うように首をうなだれたフトシとミカコが座っていて、部屋の隅、台所との仕切りのあたりに暮林さんとペルーが置物のようにちんまりと並んで正座していた。どのような会合であるかは彼らの配置からいってすぐに察しがついた。

「あんたっていっつもそうじゃん。私たちが倉庫からビール持ってきたりするのやめなって言うくせにいつも飲むじゃん。セイフーの食べものだってそうだよ。手を汚すのはいつも私であんたはそれを平気で飲み食いするでしょう?」

ミカコの正面に座ったカナは泣きながらそんなことを訴えていた。

「でも私野菜持ってきたよ、フトシと」ミカコが唇をとがらせて小さな声で抗議する。

「野菜なんか簡単なんだよ！　一番簡単なの！　それをあんたは！　そうやって！　フトシと持ってきたとか偉そうに！」カナは声を荒らげる。

テーマは色恋ざたではなく万引きらしいと理解したぼくはなんだかひどくがっかりして、自分の部屋に戻ろうとアルバイト情報誌を閉じた。彼らに背を向けてそうっと一歩踏み出したとき、気配に気づいたカナはぼくの名前を呼び、そういう動物みたいに這ってぼくの足元まできて、両腕をぼくの足にからめて泣き崩れた。

「聞いてよーアキオくんー、この人たちねえ、私が私が帰ってきたらねえ、私たちの部屋で、私たちの部屋でだよ？　やってやがったんだからあ」

ぼくは短パン姿だったので、カナの涙や鼻水がすねにべったりとはりつくのを感じた。

「もう信じらんなあーい、私たちの部屋で、私たちのタオルケットにくるまれて、抱き合ってたんだよう一」

金切り声でカナは言い、ぼくはフトシとミカコを見た。二人はうつむいている。暮林さんとペルーに視線を移す。暮林さんは困ったようなそれでいて真剣な表情でぼくを見ていて、ペルーはわくわくした顔で泣きわめくカナを見ている。やはり最初の予想どおり彼らがもめている原因は万引きなどではなく色恋ざたにちがいなく、それではどうして野菜がどうの、ビールがどうのと言い合っていたのだろうと、カナに両足を押さえられたまま考えていると、カナはがばりと立ち上がりミカコに向かって突進していった。ちゃぶ台を蹴倒してミカコにつかみかかり、意味不明の言葉を叫びちらしながら両手でミカコの長い髪をひっつかむ。フトシは立ち上がってカナを止めようとするが、見かけより力が弱いらしく彼は押しのけられて畳に仰向けに転び、カナはミカコを押し倒して拳骨で顔やら頭やらをぽこぽこと殴りはじめる。ミカコも負けてはおらず押し倒された姿勢のまま手を伸ばしてカナのいたんだ茶色い髪をつかんでふりまわし、起き上がったフトシはカナをひっぺがそうと再度チャレンジするが、ばたつくミカコの足でしたたか顔を打ってその場にしゃがみこむ。

やりまん！　泥棒猫！　淫乱！　そんなことをカナは脳天から噴き上げるような声でわめきちらす。髪の毛をつかんでふりまわし両足でカナの尻や背を蹴りあげながらもミカコは、人はだれの所有物にもならない、だれと寝ようがだれとつきあおうがそれは人の自由なんだと、行動とはちぐはぐな理屈っぽいことを叫んでいた。

居間は一瞬にして阿鼻叫喚となったが、ぼくは身動きもとれず廊下に突っ立ったままぽかんとそれを眺めていた。アルバイト情報誌を小わきに抱えてそのときぼくが考えていたことといえば、狭い場所に男女数人を押しこめておけばごく自然発生的に愛だの恋だのが生まれるもので、この家はいわばそういう縮図みたいなもんだ、ということだった。

目の前で乱闘騒ぎをくりひろげるミカコとカナだが、ぼくは本気でそれを止めようとは思わず、それは暮林さんとペルーも同じらしかった。彼らは台所との仕切りのあたりで中腰になってはいたが、暮林さんは職業的にアダルトビデオを見ているときとまったく同じ顔で、ペルーはあいかわらず、わくわく感の拭いきれない、ボクシング観戦めいた顔つきで二人を眺めていた。

泥棒猫だの淫乱だのという、実際使われているのをあまり耳にしないせいでやけに新鮮味あふれる単語を味わいながら、ぼくの頭に思い浮かぶのは、まったくべつの光景だった。

それはマレーシアの離島で見た蛍が一面についた大木だった。ものすごい光景だった。蛍自体見たことなんかなかった。それが大木に群がって、クリスマスのイルミネーションみたいに、ぼわりぼわりと光っているのだ。静かに灯り、吸いこまれるように消え、また灯る、無数の小さな点は各々それをくりかえしていて、あたりの音という音がすべてその光に封じこめられたように感じた。スゲエ、と思った。思うことといったらそれだけだった、スゲエ、その三文字。スゲエスゲエ、何度もくりかえした。そのときぼくが感じたのは、もしぼくというものが透明の瓶だったとしたら、その瓶のなか全部まるごと、スゲエというその言葉ではちきれそうになっていて、つまりぼくという瓶はスゲエの純度百パーセントだ、ということだった。そのことは、自分でもたじろぐくらいぼくを満足させた。十人がこの光景を見たら九人はたぶん、スゲエと言うと思う。そんなありきたりのことしか思えないのに、それでもぼくは自分自身の何もかもを肯定したような満足感を味わっていた。

そうなんだ。ぼくのまえにはりついて、薄ら笑いをはりつけたもう一人は、あのとき、あの瞬間にはそこにいなかったんだ。そいつがどこかで見聞きした、気のきいた言葉を並べるより先に、ぼくはスゲエの一言ではちきれそうになったんだ。

フトシはミカコとカナを引き離すのにどうにか成功し、二人は髪を振り乱したがいににらみあう格好でぐったりと畳に座って、肩で息をしている。ミカコのTシャツの首はでれんと伸びてブラジャーの肩紐をのぞかせ、カナの絞り染めのシャツはボタンが二個ちぎれて白い腹が見えていた。そうして二人のあいだにあぐらをかいて座るフトシの短パンからは横ちんがはみ出ていた。

「たしかにね」黒く長い髪が乱れて顔にかかっているせいで、怪談女みたいになっているミカコがかすれ声で言い出す。「あなたたちの部屋で寝たことは不道徳だと思う、でも、だれとつきあっているからだれと寝てはいけないとか、そういうの、おかしいと思うよ」

「じゃあ風呂場の隣の部屋で寝ていたら黙って見てろって言うのー？　そっちのほうがおかしいよ、そんなんだったらこの家はセックス屋敷じゃん、そんなの暮林さんにだって失礼だよ、ねえ？」

　カナはきんきん声で叫び、暮林さんに同意を求めるが、暮林さんはまだ中腰のまま二人を眺めている。とりあえず乱闘は終わったわけだし、ちゃぶ台がひっくり返ったときにのっていた湯呑みが一つ転がって畳が濡れているほかは、こわれたものも一つもないので、そろそろ自分の部屋に戻ろうとしかけ、玄関にだれかが立っていることに気づいた。

　そこに立っている人間をぼくはたしかに見たことがあり、しかしすぐには思い出せず、次の瞬間、そこにいる女とマリコという名前が結びついてぼくはひどく混乱した。開け放たれた戸の向こうはきつい橙に染まっていて、マリコはその橙の中心に身動きもせず立っており、まるで一枚の絵みたいだった。絵の前で足を止めて見入るようにぼくはマリコを眺めた。

「ハダに聞いてきたんだけどとりこみ中なの？」マリコは低い声で言った。

「いや、いや、そういうわけじゃないけど、あ、あがる？」そう言ってみたが、ちゃぶ台がひっくり返りヒッピー風の女が髪を振り乱してにらみあっている居間へとおすのはいやだった。ありがたいことにマリコは「ここでいい」と言ってあがりがまちに腰かけ、細長い段ボール箱を置いた。

「これ、返しにきただけだから」

そう言ってハンカチで汗を拭っている。マリコが置いたものは箱入りのボウリング・ゲームだった。十センチほどの人形にボールを握らせて、ピンを倒す古めかしいゲームで、すっかり忘れていたがたしかにそれはぼくのものだった。

「なんか冷たいものでも飲む？　すぐ持ってくるからさ」

そう言うぼくには答えずに、

「部屋の整理をしてたのよね、そしたらこのゲーム、かさばるのなんのって、これがなければすっきりするの、でね、捨ててもよかったんだけど、それも失礼かなって思って」

ハンカチをうちわがわりに顔のまえではためかせてそんなことを言う。待ってて、すぐくる、とぼくはくりかえしながらうしろ歩きで居間に入り、まだにらみあい威嚇しあっている女二人のわきをすり抜けて台所へいった。

「フトシと一緒にインドいったときフトシが食中毒になってゲロ吐いて、そのゲロの始末をしたのは私なんだからね、しかも飲んだくすりを一緒に吐いてないかどうか、バケツに入ったゲロを私は丹念に丹念に調べて」

「でもねカナ、そういうことは関係ないんだよ、問題はね、人はだれもだれのことをも所有できないっていうことなの、フトシは私のことなんか選ばないよ、でも私と寝たいと思ったら寝たってだれも責めることはできないの」

コップに氷を入れて麦茶を注いでいるあいだ女たちのそんなやりとりが聞こえてきた。とっくみあいにはならないもののカナはあいかわらずかん高い声でしゃべり、つられてミカコも大声を出しているから、それらは玄関に座っているマリコに筒抜けなはずだった。ぼくは小走りにコップを持って彼女らが言い合っている居間をとおり抜けた。暮林さんがちらりと顔をあげてぼくを見た。表情のまったく読みとれない顔をしていた。

　マリコはあがりがまちに浅く腰かけて足を組み、おもてを眺めていた。ぼくが最後に見たときより髪は短くなっていた。まっすぐな髪を短く刈りこんでいて、襟足が漂白したように白い。その白さに引きこまれそうになるのを感じながら、ぼくはマリコに麦茶を差し出した。マリコはコップをしばらく見下ろして、そっと口をつけた。

「前々から思ってたけどあんたってなんでそういう、学級委員長みたいな言いかたしかできないわけ？　所有とかなんとか、ばっかみたい、ちゃんとしようってすぐ言うくせに、私たちのぱちってきたもん食べてんじゃないの」

「いいえ食べてません。それなら言わせてもらうけど、私はね、フトシくんがもの持ってきたりするのがいやなの、だから最近フトシくんはセイフーとかから持ってきたりしてないんだよ、私がちゃんとお金渡して、それを払って買ってきてるわけ」

「どうして人の男にお金渡したりするのよー！　ずるいよ、そういうの」

「だからね、人の男っていう考えかたがおかしいの」

ぼくたちの気まずい沈黙の合間に、女たちの会話が遠慮なく飛びこんでくる。刈りこんだ髪からのぞく、ピンク色のマリコの耳がその会話をひとつひとつ拾って吟味しているのがわかる。ぼくは女たちの声を遮るように口を開く。

「マリコ今さ、何やってんの？　まえとかわらない？」

「かわらないって何よ？」マリコはとがった声を出す。

「いやほら、仕事とか、アパートとか、友達とかさ、まえと同じかなって」

「何それ。同じだったら悪いわけ？」

「そんなこと言ってないよ。あのさ、おれ、ハダと一緒にバイトやってたんだよね、少しのあいだ」

「あっそう」

マリコは麦茶を飲む。コップにはりついた水滴がしたたり落ちて彼女の手首を伝い、肘をぬらす。マリコの白い二の腕に目がいく。肉なんかまるでついていなさそうなのに、触れると甘い菓子みたいにやわらかいことをぼくは知っている。

蟬の鳴く声が入りこむ。

「ねえフトシはさっきから黙ってるけど、どうなのよ、私よりこの女がいいわけ?」ヒステリックなカナの叫び声が蟬の声を打ち消す。

「えーおれ、わかんねんだよ、そういうの」開きなおったフトシの声がする。

「フトシくんは関係ないの、何度言ったらわかるの? 私はフトシくんとあなたがわかれればいいと思ってるわけではないの」

「だったらペルーでもヤマネさんでもいいわけでしょっ」

「えーぼく、悪いけど、暮林さんオンリーだから」ペルーがすかさず言っている。

「たとえだよ、たとえ!」カナがわめく。

背後から彼らの声は切れ目なく響いてきたが、成立していないその会話を耳にしていると、居間はまったくの無人であるように感じられた。ぼくのまえにつねにもう一人いるように、言い合いをしているカナたちにもやっぱりそれぞれと似ただれかがとりついているんじゃないかとぼくは考えた。影のようにとりついたそれは、彼らに何か考えさせまいと先まわりして、わかりやすくけんかをし、わかりやすく男を取り合いしてみせる。的外れなことをばらばらに叫び合う声だけを聞いていると、実体のあるカナもミカコもそこにはいないように思えた。

「じゃあ私帰るから」

マリコはコップを置いて立ち上がる。白いワンピースを着ていた。はじめて見る服だった。白がわりあい似合うんだ、そう思った。

「いやあの、ここにさ、何人か間借りしてるのね、みんなあちこち旅行いって帰ってきて行き場のない人たちなんだけど、そのなかのカップルが今もめてるみたいで」

つられて立ち上がりぼくはあわてて言う。マリコはふりかえらず、くっと鼻を鳴らす笑いかたをして、玄関を出ていった。

「そこまで送るよ、なんだったら、駅前でお茶飲まない」

ビーチサンダルをひっかけてぼくはあとを追った。

「いいわよ、あんたも戻ってさっきの会議に参加したら？　あの、気色悪いコミューンごっこの、脳味噌いかれてるみたいな話し合いに」

マリコは立ち止まらず、どんな意地悪なもの言いが有効か覚えたばかりの小学生女みたいな言いかたをして、また、くっと鼻を鳴らして笑った。

「でもよかった、あの邪魔なゲームがなくなって。あと、漫画が何冊かあるけど、それは古本屋に売っていいよね？」

そう言ってぼくに手をふり、白いワンピースの裾をゆらして急ぎ足で歩いていった。ぼくが無断で長旅に出たことを差し引いてもマリコは不必要に怒りすぎで、その理由はまったくわからない。マリコは相手を見下すようなあの笑いかたや、意地悪しますという意図を完璧に伝えるしゃべりかたを、どこでマスターしたんだろうと、次第に淡くなる橙色の住宅街に消えていくうしろ姿を見送りながら考えた。それで、ぼくのまえにはりついたもう一人の影みたいなやつに、今度は絶対に先まわりさせない、追いかけてマリコの機嫌をとらせないし、やつあたり気味にマリコをののしることもさせないと強く思ってみたのだが、ならばこういう場合どうすればいいのかそれもまたわからなかった。

九月にさしかかるころ、いよいよ金銭的に逼迫したぼくは新しいアルバイトをはじめた。引っ越し屋のバイトだった。キーちゃんのところのバイトに比べればまさに地獄だった。ブルーシートを広げてのんびりコーヒーを飲むような休憩はまずなく、八時半に集合すれば八時三十五分に仕事ははじまった。うわさではここ数年のうちに業界上位へ進出した引っ越し屋らしく、一日のうちにできるかぎり多くの数をこなすのがモットーで、多い日には八時半から夜の七時過ぎまで、四、五件の引っ越しをうけおうときもあった。エレベーターが完備されたマンションでも、待ち時間が無駄だという理由で階段を使うような方針が徹底されていた。ぼくたちアルバイトは社員と先輩アルバイトにつれられて現場へいくのだが、おぞましいほど上下関係が厳しく、一件の引っ越しを終えて膝が笑って歩けそうもないときも、彼らの弁当や缶ジュースを買いに走らなければならなかった。

それでもぼくは日曜以外の毎日をアルバイトに費やした。一緒に組まされる社員や先輩アルバイトはいつも顔触れが違い、仕事帰りにともに飲んだり、軽口をたたける相手を見つけることは不可能で、しかも何週間たっても重労働に慣れず、毎日どこかしらの筋肉が引きつるように痛んだが、だれとも会話せず、だれとも打ち解けず、名前のないただの一バイトとして黙々と作業をしていると、体が軽くなっていくような心地よさを覚えた。言葉を交わさなくてよく、何かに慣れなくてもいいということは、ぼくのまえにはりついたもう一人にまったく出番を与えないということだった。ぼくが何か思うより先に、やつが笑ったり冗談を言ってみたりすることは、少なくともアルバイトのあいだはなかった。

家にいたくない、というのも、バイトに専念する理由のひとつとしてあった。あれほどもめたのだからいよいよミカコは自分の家に帰るだろうと思っていたのに、そんなことはなかった。ミカコは風呂場の隣の部屋を完全に借りて、どこから買ってきたのか古道具を並べて部屋らしく整え、ヤマネさんを押しのけて料理を作ったりしていた。

表面上だけのことなのかもしれないが、カナとミカコはあれ以来妙に打ち解けていた。二人はしょっちゅう一緒にいて、友達のいない双子みたいにともに料理を作ったり洗濯をしたり風呂にまで入っていたりして、あるときぼくは彼女たちが廊下でうずくまり雑誌を広げ、心理テストか何かを行いながら会話しているのを小耳にはさんだのだが、二人はフトシについて話し合っていた。「フトシって意外と細かいんだよね」「そうそ、このまえのお弁当のさあ、緑のはっぱは燃えないから生ごみと分別しろとか言ったり」「コロコロクリーナー派だし」「でも肝心のところは大雑把だよね」などと言い合ってはくすくす笑っていて、乱闘一転二人は「ともにフトシを愛するの会」めいたものを結成した雰囲気で、はたから見れば薄気味の悪い結束を強めている。部屋の隅でぴったり寄り添って笑う彼女たちを見て、無意識になりきっているその役柄がいかに悪趣味かと思わずにはいられなかったし、またそんなことが長く続くはずはなく、いつしかどちらかが破綻を生じてこのあいだとは比べものにならないほどの騒動を起こすに違いない、くわばら、と思う気持ちもあった。

暮林さんはといえばペルーとうまくいっているようで、九月に入ってからペルーはほとんど住人のように彼女の部屋に入りびたっている。彼は今や暮林さんしか目に入らず、ぼくとともに居間にいても暮林さんにしか話しかけない。しかもぼくと彼女が話しはじめるとわざととしか思えないやりかたで邪魔をし、ぼくたちは縁側でともにビールを飲みながらあれこれと話すこともなくなり、深夜に暮林さんがコーヒーをいれてくれることもなくなった。わからないのは暮林さんで、そんなペルーをうっとうしく思っているふうもなく、しかし食事はけっしてペルーとは食べずにヤマネさんの用意したものを彼と向き合って食べている。その奇妙な関係性もこの家からぼくの足を遠のかせる原因になった。

バイトが休みの日曜日は家を出て駅前の喫茶店でモーニングを食べ、図書館へいくか、一番近い繁華街へいって駅ビルのなかをうろつくかした。夕方が夜にかわるころ暮林さんの家に戻る。戻りがてら、ガラス一面に間取り図をはりつけた不動産屋をのぞいて歩いた。このあたりの家賃は都心に比べて三割がた安く、以前住んでいたような六畳ひと間なら今の持ち金で簡単に借りることができそうだった。しかしなかに入っていくことはためらわれた。ぼくにとって不快な人間関係が渦巻くあの家から遠のきたい気持ちはあっても、そうして一人で部屋を借りてしまえば、どんな生活になるのかは目に見えてわかった。一人で起きて一人でアルバイトにいき、定食を食べて一人で帰ってきて、ビールを飲んで眠る。そんな独居老人のような暮らしを想像し、不動産屋のドアを開けることがどうしてもできないでいた。気色悪いコミューンごっことマリコは言ったが、ぼくはやはり旅の気配の残るあの家で、一人の男をめぐる女たちや毎晩犬に餌をやる無口な男や、アダルトビデオの宣伝文を書く女と一緒にいたいのかもしれなかった。

月曜から土曜日までは八時まえに家にたどりつくものの、疲れはててシャワーだけ浴びるのがやっとで、習慣になっていた一本の缶ビールも飲まずにすぐさま爆睡する日々が続いていたから、暮林家にもう一人住人が増えていたことにぼくは気づかないでいた。不精ひげをはやして、黄ばんだ白いTシャツと膝で切ったカーゴパンツをはいた、四十近いと思われる男で、数日まえからうろうろしていたのを見かけたが、フトシたちの友達の一人だろうと思っていた。

「あのねえきみ、これぼくの水なんだけど、ほら、減ってるよね、飲んだ?」

その男に声をかけられたのは、バイトから帰ってきてシャワーを浴び、コーラを飲もうと台所にいったときのことだった。男はぼくに続いて台所へ入ってきて、冷蔵庫から出したペットボトルをぼくにつきつけてそう訊いた。ペットボトルには黒いマジックペンで、矢崎と書いてあり、上部に数本、黒い線がひっぱってある。

「飲んでないけど」

「これねぼくは自分で飲んだ際にこうして線を引いておくんだけれど、ほら、最後に引いた線より減ってるでしょう、だれか飲んだに違いないと思うんだ」

男はぼくの返答を無視してそう言い、ぼくの目をじっとのぞきこむ。銀縁眼鏡の奥の目玉は、小さいくせにやけに鋭く、そうして見つめられると飲んでもいないのにはい飲みましたと言ってしまいたくなる。しかし減っているといっても、男が指している線と水の量はほんの一、二センチ違うだけである。

「名前を書いて入れておけば大丈夫って言われたのにこれだもんな。所詮ゲスト・ハウスって言ったってしろうとの浅知恵だろ。まあこっちはこんなことには慣れているけどさ」

男は吐き捨てるように言って、ペットボトルに口をつけて飲んだ。ぼくはそろそろと自分のコーラを出し、部屋に戻ろうと男に背を向けた。

「きみもあれかい、どっか旅行いってたの」男にそう訊かれ、ぼくは居間との仕切りののれんのまえでふりかえって、ええまあ、と答えた。

「どこ」男は流し台に寄りかかって、ぼくをじっと見据えている。

「もうずいぶんまえになるけど。タイ入って、ミャンマー、シンガポールまで南下して、ネパールに飛んで、ベトナムでタイに戻って」

「何、インドいってないの」男はそれを聞いてぼくを見下すと決心したように表情をかえた。

「うん、いってない」

「だめでしょインドはいっとかなきゃ。なんでネパールいって、チベットもインドもいかずに帰ってくるかなあ。最近の若いやつって本当、根性がないというか。

きみそれじゃ、何も見てないのと一緒だよ」男は慣れた手つきで黒い線を引きペットボトルを冷蔵庫に戻す。「といってもまあ、インドのうけとりかたは様々で、あうやつとあわないやつといるから一概には勧めないけれどね、それにしてももったいない。めちゃくちゃだからね、あそこは。人の思惑を越えためちゃくちゃさだからね」そして男はひひっと一人で笑って上目遣いにぼくを見て、「ぼくはこのあいだのインドでついに肝炎になったんだよね、死ぬかと思った、それがあいう場所で死ぬかもしれないと思うと、不思議と受け入れられてね。あれは不思議な感覚だった」そう言葉をついで遠いまなざしをし、ポケットから象の頭のついたパイプを取り出し、茶色い葉を詰めこんで、「あ、きみも一服どう？」と訊いた。

「おれ、いいっす」

断ると男は値踏みするような視線を投げてよこし、また口を開く。

「いやしかしひさしぶり、日本は。いいとこだよなあ。帰ってきたの二年ぶりだけど、女の子の制服が短くなってるとこがいいね、ＪＲで勃起しそうになりました、いや本当。自販機はあるし、置き引きはいないし、バス乗っても電車乗っても時間は正確だしねえ」

　その場から一刻も早く離れる隙をうかがっているのだが男は延々と話し続け、ぼくは台所と居間の仕切りののれんに肩を半分つっこんだまま、しばらく彼の話を聞かされるはめになった。インドのすばらしさについて、長旅の孤独について、百円以内で一日を過ごす方法について、あれやこれやと脈絡なく男はしゃべり、胸のむかつくにおいの煙を吐き出してはいちいち遠くを見遣るようなまなざしをした。男が新しく葉っぱをパイプに詰めるため言葉を切ったときに、ぼくはあわててその場を離れた。一目散に暮林さんの部屋に向かい、襖を叩いたのだが、ペルーも彼女もいないらしく返事はない。ミカコの部屋もカナとフトシの部屋も同様だった。そんなことをしているうち、銀縁眼鏡男は小さな目玉をぐりぐりとまわしながら居間から出てきて、廊下に突っ立っているぼくに近づき、「いやずっとぼくはね、近所で魚釣ったりして生活してたの、なんたって日本出たとき持ってた金が五十万、五十万で二年だからね、そうとう切り詰めなくてはならなくてね。それでインドでもネパールでもタイでもさ、とにかく池や川を見つけちゃあ釣りして自活。地元の子供がときどき魚とパンを交換してくれたりしてね。この近所に公園あるじゃない、あそこの池で鯉が泳いでたの見たけど、あれは食っちゃまずいよなあ、さすがに」

などとぼくを見据えたままべらべらとしゃべりだす。

「ぼくは旅のあいだずっと、この袋一つで過ごしてきたんだよね、インドからネパール入るとき、おまえ荷物はそれだけかってへんなふうに疑われちゃってさ、たいへんだったな、あれは。しかしきみも旅してたならわかると思うけど、外人てどうしてあんなにばかでかい荷物せおってんのかね、寝袋だのスニーカーだのぶらさげてさ」と尻ポケットから薄汚いずだ袋を出して見せ、話をやめる気配はなく、ぼくはじりじりとあとずさって玄関の土間におり、「いけね、友達と約束あるんだった」などとぼやきながら一目散に暮林家を出た。

友達と約束などあるはずがない。おもてはもうすっかり日が暮れていて、どこへいくあてもなく、道をぶらぶらと歩きはじめる。

駅前のコンビニエンス・ストアや酒屋や飲み屋の明かりで次第に夜空は狭苦しくなり、駅についてしまった。コンビニエンス・ストアで漫画とエロ雑誌を立ち読みし、酒屋で缶ビールを一本買い、ロータリーでしゃがみこんでたばこを吸った。改札の向こうで時計は十時二十分を指している。三十分になったら立ち上がろう。家に帰ろう。そんなことを思っていると、改札から吐き出された人々の背中に、見覚えのあるものが混じっていた。

フトシ、と声をかけると、大柄の、色あせたアロハを羽織った短パン姿の男はふりかえり、ああアキオさん、と笑顔を見せた。

「何してんの、こんなとこで。待ち合わせ？」

「いや家にさ、へんなおっさんがいてさ、話やめてくれなくて」ぼくはフトシと肩を並べて歩き出す。

「ああ、王様？」フトシは眉毛をぐっと下げて困ったように笑った。

「知ってんの、だれあれ？」

フトシはぼくの手にしたビールを物欲しげな顔で眺めているので、プルタブを開けて手渡した。喉仏を大きく上下させてフトシは飲み、それをぼくに返す。

「知らねえ、三、四日前からいるよ、おれさ、カルカッタでようこちゃんて子に会ったの、なかなかかわいい子でさ、東北に住んでるんだけど、東京にいきたいって言ってて、おれとカナ、暮林さんの家の話したんだよね。もし帰るとこなかったらくれば？　っつって。でさ、どうやら王様の話を聞くとだね、このようこちゃんがその話をネパールで会った若い男にしたわけさ、その若い男と王様はカオサンのドミトリーで一緒になってさ、で、王様は彼から暮林家を聞いて訪ねてきたってわけ、らしい」

「はああ」ぼくは息を吐いた。いったい、世界は狭いのか広いのか。「しかしその、王様って何さ？」

「あいつ、旅の王様って感じじゃん。おれ苦手なんだよああいう人。どこいっても一人はいるよな、旅の王様。若けりゃいいんだけど、あれくらい年食っちゃうと、きびしいものがあるね、しかもあの人話やめねえだろ？　みんな辟易して出かけてんだよ」

「あの人、何歳なんだろ」

「三十六っつってた」

「へえ」

「三十前半に見えるだろ、人ってのは好きなことしてると年とらないんだよね、だってよ。どう見たって四十過ぎだよ」

「って、言ったた？　やつに」

「言えなかった。だってなんつーか、こええんだもん、あの人、ぎろぎろした目で人のことぐぐっと見るだろ」

駅前の明かりはとうにうしろに消えていた。ぼくたちは一本の缶ビールをかわりばんこに飲みながら、しばらく無言で歩いた。月はひどく遠く、銀色の硬貨みたいに小さかった。

「ひょっとして夏って終わりかも。今吹いた風、秋っぽかった」

竹林のわきを歩きながらそんなことをフトシは言い、ずいぶん長いあいだ一緒にいるような気がするけれど、こうして二人きりで言葉を交わすのははじめてであることに気づいた。ビーチサンダルを引きずって歩くフトシの隣で、成田から帰ってきた夜に感じたこと、整然と区分けされた住宅のあいだを走る、細い路地の奥をのぞけば、そこには屋台の裸電球が連なっており、見知らぬ食べもののにおいが立ちこめ、日にやけた、すべての人が友達であると疑わないような男たちが、あちこちから異国の言葉で声をかけてきそうな錯覚を抱いた。

「フトシ、なんかここ、アジアくさいと思わない？」隣を歩く、短パンの下に下着をはいていない男がたった今同じことを思っている気がして、ぼくは言った。

「つーか、アジアじゃん」フトシは言って笑った。それからしばらく黙ってサンダルを引きずっていたが、ふとぼくを見た。「タイの島でさ、北海道の人に会ったの、夫婦で世界一周してんだって、おれたちの宿が隣同士で、そんでけっこう仲よくなったんだよね。明日一緒にごはん食べよ、とか、夜花火しよ、とか言ってさ、でも狭い島だから、約束とかしないでいいわけね、んじゃ明日、日暮れどき、このへんでね、とか言って、そんでちゃんと会えんの。ずっと遊んでたんだよな、じゃ明日、このへんで、っつーノリで」

ぼくはうなずく。フトシは飲み終えた空き缶を握りつぶす。

「いや話したいのはこーゆーことじゃなくて、その夫婦の女が言ってたんだけど、L食うじゃん。でね、なんか超すばらしい世界見たとすんじゃん。一回そういうの見ちゃうと、次からは、Lなしで、その世界にいけるって言うのね、知っちゃってるから。Lはそういうことが可能だって言うのね」

フトシはそこで言葉を切ってぼくをじっと見た。おれLSDやったことないから、と言いかけると、両手を広げて大きくふり、

「ちゃうのちゃうの、Lのことじゃなくて、べつのこと言いたかったの、おれ話し下手なんだよな、ねね、今の話、カナにしてもらってよ、カナはそういうのうまいんだわ、これ、おれが話すとへーえって感じだけど、もっといい話なんだよね」

そう言って空き缶を路地に向けて投げた。

暮林さんの家にたどりついたとき、開け放たれた引き戸からヤマネさんが出てくるのが見えた。片手にビニール袋をさげている。

「ヤマネさん」

声をかけるといつもどおりヤマネさんはびくっと体をかたくさせ、おどおどした視線をぼくたちの足元に向けて、

「あいや、こ、こんばんは、どうも」

ていねいに頭を下げる。そうして逃げるように背を向け、街灯が延々と続く三面鏡みたいな路地を小走りに進んでいく。

「あの人っていいよな」

ヤマネさんの遠ざかるうしろ姿を見て、フトシがぽつりとつぶやく。そう言ったフトシの横顔を盗み見て、くすりでトリップした場所へ素面《しらふ》でいくことが可能だというフトシの言葉をぼくは心のなかでくりかえした。そういう場所があると知ってしまったから可能だと。ひょっとしたらフトシは、ずっと待っているのかもしれない。旅に似た日々を送り、わざわざ常識に反することをし続けて、この日常に、旅で得た感覚が得られるときを待っているのかもしれない。彼とカナが三か月間で何を得たのかはわからないけれど、きっと彼らはここでは見ることの

できない何かを垣間見たに違いない。たとえばぼくが、純度百の瓶を自分のなかに見たように。

ぼくたちは物音をたてないように家にあがり、小さな声でおやすみを言い合ってそれぞれの部屋に戻った。三十六歳の旅の王様はどうやら眠りについているらしかった。

フトシとカナに誘われ、ぼくらは駅前の飲み屋へいって、数日でぬし的存在になってしまった旅の王様の処置について相談した。王様は家にいるぼくらをつかまえては説教まじりの旅話を披露し、逃げても追いかけてきて「旅というものは」と指導し、しかも彼は被害妄想が異様に強く、やれ自分の食料を食べた、やれ自分のトイレットペーパーを使ったとだれかれかまわず責め立て、もっとも迷惑しているのが暮林さんで、彼女がどのくらい本気でゲスト・ハウスを経営したいと願っているかは知らないがそれはただの希望にすぎないのに、彼女に向かって理想的なゲスト・ハウスのありかた、ゲスト・ハウス経営の心得などをとうとうと論じはじめる。

王様に動じていないのはミカコとヤマネさんだけだった。彼がどんなにつけまわそうとヤマネさんは生活パターンをかえる気はまったくなく、黙々と食事をして風呂に入り、チロに餌をやりにいって眠った。ミカコは勘違いした小学生的なレベルでときおり王様をやりこめ、――そんなにインドがいいならインドに戻ったらいいんじゃないですか、そんなに知識があるんだったら本でも書いたらどうですか、もういい年なんだし、などと平気で口にして王様を一瞬黙らせるが、それでめげる王様でもなく、二人は珍妙としか思えないやりとりを交わしておたがい平気だった。

それでぼくら三人は今後の作戦を練るべく三人で集まったのだが、作戦と呼べるような前向きな改善策は何も浮かばず、その場は王様のけなしあいに終始した。まったく消極的な会合だったが、ぼくら三人は今まで見せたこともないほどの団結力で彼をこっぴどくけなし、出ていけと呪い、さんざんもりあがって店を出たのは十二時近くだった。

飲み屋ではあんなに意気揚々と王様強制送還、と連呼していたにもかかわらず、暮林さんの家へ向かううちみんな酔いはさめて、元気もなくなり、街灯に照らしだされる黒いアスファルトを踏んで歩いた。ぼくらがあの王様をこっぴどく嫌悪するのは、彼の人格や果てしない長話のせいばかりでなく、終わった旅にこだわり続けている姿に自分たちの未来を見るせいかもしれなかった。

「やっぱり家主の暮林さんになんとかしてもらうしかないんじゃない」自分の足元を見つめてカナが言い、フトシはぼくを見て、

「やっぱりここはアキオさんが古株だから」まじめくさった表情で言ってみずからうなずいて見せた。

早寝の王様を起こさないようそろそろと家にあがり、フトシとカナはぼくに目配せをして自分たちの部屋に入っていく。暮林さんに言ったところで彼女だって困るだろうとは思いながら、そのまま自分の部屋で眠る気にならず、L字型の廊下を静かに歩いて彼女の部屋のまえに立った。襖をたたく。返答はなく、廊下を戻りかけたとき、襖は数センチ開いた。橙色の光の帯が薄暗い廊下に延びる。

「なんだ、アキオくんか」襖から半分顔をのぞかせた暮林さんが言った。

「ちょっといい？」

訊くと彼女は襖をさらに開け、部屋のなかに招き入れた。暮林さんの部屋に入ったのははじめてだった。ぼくの部屋と同じようにすりきれた畳が六枚並んでいて、部屋の隅に仏壇があった。家具らしい家具はほとんどなく、床には、Tシャツやタオルがばらまかれたように落ちている。ペルーはいなかった。散らかった畳に座り、暮林さんはぼくを見上げて照れたように笑う。かたづけていない部屋を見られた笑いかと思ったが、

「黙ってようと思ったのに、ばれたか」そんなことを暮林さんは言い、

「なんのこと？」と訊いたぼくは、部屋の隅にナップザックが口を開いているのを見つけた。「どこかいくの？」

暮林さんは畳の上の衣類をよけてぼくの座るスペースを作り、あぐらをかいたぼくと目線をあわせてパキスタン、と言い、また笑ってみせた。

「パキスタン？　いつよ？　なんで？」東北とか九州という答えをなんとなく予

想していたぼくは驚いて声をあげ、暮林さんはあわてて唇に人さし指をあてる。

「明日、っていうか、もう今日になっちゃった」

「今日？　まじ？　今日の何時よ？」

「飛行機は十時。八時にカウンター集合だから、六時には家を出る」暮林さんは手近にあるものをたぐりよせてナップザックにつっこんでいく。ふくらんだ巾着袋、きちんとたたんだTシャツ、口を縛ったビニール袋。「あ、でもね、ここは住んでてくれていいから。家賃とかはたぶん、ヤマネさんが集めてくれるんじゃないかな。あるいはミカちゃんが」

「なんでよ？」ぼくの膝の数センチ先に投げ出されている赤いパスポートを見てぼくは訊く。暮林さんは手をとめて、ぼくを見る。

「逃げるのよ私。あの旅の王様がいやでいやでしかたないから逃げるの」

そう言う暮林さんの口調が、言っている内容と反比例してひどく自慢げで、勝ち誇ったように聞こえ、何を言っているのだかさっぱり理解できなかった。突然あらわれた三十六のあの男がいやで、この自分の家から逃げるのだとようやくの

みこめ、しかし納得できず、

「なんだよ、それ、おかしくねえ？」ふたたびぼくは声をあげ彼女にたしなめられた。

「声が大きいよ。王様が起きちゃったらどうすんの。見つかったら荷物が多すぎるとか、最近の若いやつは軟弱だとか、また言われるでしょ」

暮林さんはナップザックの口を閉め、立ち上がって部屋のなかに落ちているものを拾いあげていく。暮林さんの気配を消していくようにすりきれた畳が徐々にあらわれる。

「逃げるって、ここ、暮林さんの家だよ？」

「笑わないでほしいんだけど、私本当に王様がだめなの。はじめてだよ、こんなにだれかをいやだって思うの」暮林さんはぼくを見ずに言う。「私さ、わりと本気だったのね、正規の旅館じゃなくて、旅先で会った人たちがきてわやわややってるような場所を作ること。でも、ああいう人がくるってことを、まったく考えてなかったの。甘いよねえ私。しかも打たれ弱いっていうか」

「ペルーはどうすんの？　つきあってるんでしょ」

　暮林さんは手をとめ、腰を折り曲げた格好のまま答える。

「言ってないんだ。言ってもきっと、いくなって言うと思うのね、それ聞いても私いくもん。そんなやりとりするだけ無駄でしょ」

　抱えた服の山を押し入れに投げこみ、

「コーヒー飲もうか」

　笑顔でぼくを見た。それからジーンズの尻ポケットから携帯電話を取り出し、ぼくに手渡す。

「これあげる。今日の午前中いっぱいで私の契約は切れちゃうけど、そのあと新規で申し込めば使えるでしょ。使わないんだったら、押し入れのなかに放りこんでおいて」そう言って部屋を出ていった。

　コーヒー飲もうか、と笑いかけた暮林さんの顔が、あのとき、ピクニックするのよ、そう言ってぼくの部屋を訪れたときとひどく似ていて、彼女に訊くことは何もないと気づく。暮林さんのナップザックはまるくふくらんで部屋の隅に転がっている。畳の上にはもう何もなく、赤いパスポートだけが染みみたいに落ちている。何ともつながらないことを彼女は選んだんだと、ぼくの掌のなかで冷たく軽い小さな電話を見て思った。三か月後、もしくは一年後、ペルーばかりでなく、フトシたちもぼくもここからいなくなっているかもしれない。帰ってきて彼女はたった一人、身ぐるみはいで殺されるなんて簡単だと思いながら、人の気配のまったくしないこの家で、静けさに耳をそばだてて眠ることになるかもしれないのだ。

ぼくは足音を忍ばせて台所へいった。彼女はていねいにコーヒーをドリップしている。部屋は静まりかえっていて、どこからか虫の鳴く声が入りこんできた。カトマンズのホテルの、殺風景な厨房を思い出していた。やっぱり彼女はこうしてぼくに背を向け、卵をとき、鶏に衣をつけていた。帰ってきてだれも待っている人がいないとしても、それでも彼女はいくのだ。嬉々として逃げ出すのだ。きっとどこへいったって、彼女はおにぎりと甘いたまご焼を作ることができる。たとえこの世の終わりの日だったとしても、彼女はどこかでピクニックをしているに違いない。

五時半に暮林さんはもう出かけると言った。自分の部屋からナップザックを持ってきて、玄関へと向かう。

「駅までいこうか」ぼくは訊いた。

「いい、いい、いい、大袈裟だよ、なんか」暮林さんは両手を顔のまえでふり、靴を履く。

ふくらんだナップザックを背負った彼女は引き戸を開ける。おもてはまだ真っ暗だった。彼女から受け取った携帯電話をポケットにつっこむ。

「じゃあまたね」ふりかえって暮林さんは言う。

「気をつけて」

暮林さんは玄関から足を踏み出し、それがぼくには、真っ暗闇のなか、おもてに追い出された、行き場のない子供のうしろ姿のように見えて、思わず暮林さん、と声をかけた。数歩先で彼女は立ち止まってふりむく。

「もしペルーと、いやぼくとでも、フトシたちとでも、本当につながってたら、半年後でも一年後でも、会えるよ、会えないわけないよ」そんな感傷的なことを思わず口ばしっていた。暮林さんはそれには答えず、唇を真横に開いて笑い、掌を顔の位置に持ち上げて二、三度ふって背を向けた。彼女の掌が闇のなかに白く光って見えた。

二人ぶんのコーヒーカップを洗い、何ごとか話しかけるように続く虫の声を聞き、ここにもう暮林さんはいないんだと思った。居間へいって当然のように流れているアダルトビデオに戸惑うこともなく、物干し竿に吊されてくるくるまわる律儀な彼女の下着を見ることも当分ない。しかしそう思ってみると、最初から暮林さんはこの家に存在していなかったようにも感じられた。たった今言葉を交わしていた彼女を思い描こうとするとあらわれるのは、ピクニックの日に笑い転げていた、何も背負っていない女の姿だった。

七時にアルバイトにいくとしても、あと一時間は眠れるはずだ。自分の部屋にいきかけ、ふとぼくは足をとめた。たった今暮林さんにかけた言葉を、かつてぼくは自分に言い聞かせて、見知った場所をふらりと出ていったことに気づいた。

自分の部屋の襖は開けず、ビーチサンダルをひっかけ、ぼくは外へ飛び出した。

たった数十分たっただけなのに、おもての闇はさっきよりも薄まって、紺の絵の具を水に溶かしたような色をしていた。まだ眠りのさなかにいる住宅街を走る自分の足音だけが耳に届いた。雨の気配はどこにもないのに、息を吸いこむと湿ったにおいがした。薄い紺のなかに駅の明かりがひっそりと見える。駅のまるい時計は六時五分を指している。切符を買い、改札を抜け、ひとけのない静まりかえったホームに立った。

いくべきところはひとつしか思いつかなかった。マリコのアパートだ。シートに横たわる酔っぱらいを一人乗せただけの電車が駅を通り過ぎるたび、頭を傾けて時計を捜した。六時十五分、マリコの部屋で目覚まし時計が鳴っているだろう。六時二十五分、ＴＶのスイッチをつけて朝食の準備をはじめているだろう。六時四十五分、スープを飲み終えて、食器を流しに運んでいる。濡れた手をふきながら今日着ていく服を頭のなかで組み合わせ、それからストッキングに足をとおす。

マリコのアパートについたのは七時ちょっとまえだった。青い外壁に出窓が並んだ少女じみたつくりのアパートは、見慣れていたはずだったのに、妙によそよそしくそこに建っていた。引っ越し屋のアルバイトとして毎日訪れる様々なかたちの、ぼく自身とはなんのつながりもないアパートみたいだった。この部屋のなかにマリコがいるという実感が持てなかった。アパートの入り口に並ぶ集合ポストにマリコの名前を捜す。201という数字の下にマリコの名字が書かれている。ぼくはそれを指でなぞり、それから階段をあがった。階段は体重をかけるたびに、きいきいとかすかな音をたてる。なつかしかった。毎日のようにここを訪れていたときに逆戻りした錯覚を味わった。そして階段を半ばまであがったところで足をとめた。マリコにいったい何を言うためにきたのだろう。数段続く階段を見上げ、考えてみる。思い浮かぶ言葉はなかった。

静けさが充満している周囲の街並みと同じく、言うべき言葉のひとつもないいま、ぼくは次の段に足をかけて、きいいとかすかな音を聞く。玄関の並ぶ通路をつきあたりまで進む。マリコの部屋のドアのまえに立ってみても、マリコと向き合って何をしゃべればいいのか思いつかなかった。階段へと続く通路をふりかえる。今きた道をたどって駅へ向かう自分を思い浮かべる。そうする気にはなれなかった。もう一度ドアに向きなおり、ドアチャイムに人さし指を押し当てる。ピンポンと部屋に響くチャイムが玄関からにじみでるように聞こえた。

思わずあとずさるほど乱暴にドアは開けられ、マリコが立っていた。淡いピンク色のブラウスとグレイのスカートを着たマリコは、化粧気のない顔で、珍しい生きものを見るようにぼくを見つめる。マリコはしばらく食い入るようにぼくを見ていたが、憮然とした表情を作り、開けたときと同じく乱暴にドアを閉めた。

そこに突っ立ったまま、閉ざされたドアを隅々まで眺めた。何か考えようとしたが、うまくいかなかった。マリコはぼくを拒絶したんだと頭のなかで文章を作ってみる。それでもその場を離れることができない。ドアを閉めてマリコはきっと何ごともなかったかのように、髪をとかして、化粧をはじめているだろう。ドアの向こうに消えた彼女の姿を追うように思い浮かべて、さっき暮林さんから受け取った携帯電話が尻のポケットにつっこんだままになっていることを思い出した。それを取り出し、おもちゃみたいな機械でマリコの電話番号を押す。耳にあてた電話と、ドアの向こうにある彼女の電話が、マリコを呼び出す音が重なって聞こえる。

　ずいぶん長く続いた呼出し音はふととぎれ、「はい」と答える男の声が聞こえる。ぼくが何か言うより先に、受話器を取り合うような気配の雑音が聞こえてきた。

「おみやげなんかいらない」手にした小さな電話からいきなりマリコの声が飛び出してきた。

「私の知らない場所の話なんか聞きたくない」

　耳元でどなられているようにその声は近く聞こえた。マリコはそう言ったきり黙り、ぼくは掌に食いこむくらい力を入れて携帯電話を握りしめる。話したいのに言葉が出てこない。ぼくにずっとはりついていた、ぼくよりずっと饒舌なもう一人が、簡単な言葉を並べたててつながった回線をそのままとどめてくれる気配はなかった。

「私が聞きたいのは、あんたが何を見たかってこと」掌のなかからにじみでるようにマリコの声が聞こえる。「私のいない場所で、たった一人で、何を見て、どう思ったかってこと」

　そうなんだ、ぼくは言おうと口を開いたが、声が言葉にのるより先に不通音が聞こえてきた。不通音を流し続ける電話を耳にあて、ぼくはその場にずっと立っていた。不通音は耳元でずっとくりかえされ、単調な異国の言葉でひっきりなしに話しかけられているように感じられた。握りしめた電話機は徐々に湿り気を帯びて、ぬるりとした感触を掌に残したが、切ってしまうことができなかった。

　ドアノブがくるりと回転し、ふたたび乱暴にドアが開く。マリコが立っている。化粧をまったくしていないせいで、ずいぶん幼く見えた。そこに突っ立っているぼくを見てかすかに目を見開き、ぎこちなく目をそらして、背を丸めて鍵をかける。肘でぼくを押しのけるようにして通路を進み、階段をかけおりる。

　階段の一番上から、ぼくは彼女の名前を呼んだ。マリコ、という言葉はあたりに響き、ひさしぶりに自分の声を聞いた気がした。集合ポストのわきでマリコは足を止めて、ぼくを見上げる。ぼくがマリコのいない場所で何を見て、何を感じたのか、そうしてどこへ帰ってきたのか、薄ら笑いのもう一人を引き剝がして、自分の言葉で伝えるには、膨大な時間がかかるに違いない。

マリコは階段の一番下で身動きせずぼくを見上げている。あいかわらず不通音を鳴らし続けている携帯電話のスイッチを切ってポケットに押しこみ、ぼくは階段をかけおりる。

解説　蛍の星空

中上　紀

角田光代は、旅人である。もちろん旅好きで、アジアやその他数え切れないほどの地を訪れていることもあるが、物語の世界においても、彼女は堂々たる旅人である。と言うのも、彼女の描く小説の登場人物たちは、一人一人が実に、人間くさい。まるで、隣町に行けば彼らに会えるのではないのかと思えるほど、心の中にすんなりと入ってくる。文字と文字の間から、彼らの声が聞こえてくる気さえし、いつのまにか読み手自身も、物語の登場人物の一人であるかのような錯覚をしてしまう。

角田氏の物語世界には、日常の小さな出来事に関わる繊細な心の動き、という普遍的な軸がいつも通っており、その軸が、物語独特の世界地図とリンクしている。誰かがついたため息や、ほんのささいな喜びや悲しみが集まって出来たそこでは、年齢やジェンダーやバックグラウンドにかかわらず、ただ、幾つも、幾つもの人生が、交互に光を放っていて、著者は、そして読者は、その光に導かれながら、地図上を彼方から此方へと自由に辿っていくのだ。

本書『東京ゲスト・ハウス』は、そんな光と光の間の、中継点のような物語である。

主人公のアキオは半年ものアジアの旅から帰国したが、居場所も金もなく、さらに恋人には男が出来ており、しかたなく、旅行中に知り合い、先に帰国していた暮林さんに空港から電話をかける。彼女は、幾つも余っている古い自宅の部屋を一泊三百円で旅で知り合った人やそのまた知り合いに間貸しをはじめており、アキオは客の一人となった。客は増えていき、やがて暮林さんが「東京ゲスト・ハウス」と名づけたこの家は、帰ってきたのにまだ旅をし続けている若者たちを惹《ひ》きつける、不思議な磁場《じば》となっていく。

移動するということを抜きにして旅はありえない。しかし、移動ばかり続けていると、ふわふわと現実味のない世界を漂っているようで、地理的にも精神的にも自分がどこから来たのか、どこにいるのか、どこへ行こうとしているのか、曖昧になってくる。そんなとき、相性の良い宿の枕に出会うと、腰を上げたくなくなり、日一日と滞在を延ばしてしまう。これで良いとは決して思っていないが、不安であるのと同時に、取りあえずここにいるという仮宿的な感覚があまりにも甘美すぎて、どっぷりとつかってしまうのである。

何も背負わない身軽さほど、心地の良いものはない。私もよく旅に出るが、普段どんなに仕事や生活に追われ、あるいはしがらみや過去に振り回されていても、空港で係員に出国のスタンプを押してもらい、飛行機のゲートをくぐったその瞬間、その向こうに残してきたものはすべて、どうすることもできない別の世界にあるシロモノと化す。飛び立とうとしているのは、過去も日常もない、飾ることも他人の評価を気にすることもない、まっさらな自分だ。いちばん素直な自分の姿、とも言える。アキオの言葉にすれば、〈純度百パーセント〉の自分である。旅人たちがバックパックの重さに平気なのは、そうした精神の荷物をゲートの外に置いてきて、羽根のように何からも自由だからかもしれない。

アキオがカトマンズで出会った暮林さんも、そんな風に何も背負っていなかった。あっけらかんと早起きをして弁当を作り、アキオや宿の人たちをピクニックに誘う。暮林さんは帰国してからは生活のためにアダルトビデオのキャッチコピーを書く仕事をしたりして、また少しずついろんなものを背負いはじめるのだが、「東京ゲスト・ハウス」に集まってくる若者たちは、いまだにまっさらなまま、旅の続きをしているように見える。彼らには生活観がなく、酒や食料を万引きしたり、誰彼となく気が向いた異性と肉体関係を結び、自由気ままに日々を過ごしている。

アキオはそんな中で、戸惑っていた。半年振りに電話した友人ハダは、アキオの旅などまるで存在しなかったように、友人の誰と誰が寝ただのという、日常のどうでもいいことを喋る。土産を渡すとの口実で再び電話したマリコにはまた、冷たくあしらわれる。彼が生きるために始めたことが、とりあえずの金を稼ぐための、日雇いのようなアルバイトであることが、旅のエンディングへの躊躇《ちゅうちょ》と容赦ない現実にはさまれた彼の中途半端な位置を匂わせている。

帰りたくない人々が旅の続きをまだしているゲスト・ハウスは、そんなアキオに優しかった。アキオはどんどん目の前のことに没頭されていった。そして、フトシやカナや新たにやってきた若者たちと一緒に酒を飲み、成り行きでミカコとセックスをし、男を取り合っている女たちを眺めたりしているうちに、だんだんと大切なことが何だったのかわからなくなっていく。だが、どうやらその矛盾をもゲスト・ハウスは消化してしまうらしい。

〈どこかからどこかへ向かう中継地点に位置し、移動にあきた旅行者が少しばかり長く滞在する、溜《た》まり場的な宿というものがどこにでもある〉

そこで出会う人々は、結局はいつか別れて行く他人であり、少々の恥をかいたって構わないという気楽さの中で生きていた。

しかし、ゆったりとした時の流れは、ある日、〈旅の王様〉とあだなされる、妙に旅慣れていて知ったかぶりをする年配の男が介入してきたことで、一転する。

自分以外の者の旅をすべて否定する〝王様〟とは、社会の中でたったひとつの価値観しか持てずに若者を、いや、あらゆる他者を否定する〝大人〟そのものであったろう。当然ながら、この〝大人〟を誰もが嫌った。フトシもカナもペルーも、ヤマネさんも、ゲスト・ハウスに帰ろうとしなくなった。王様の存在によって、皆はうすうすと、このゲスト・ハウスは中継点に過ぎず、永遠に留まることはできないのだという事実に直面したというべきか。

結局、暮林さんは、背負った荷物を再び捨て、また旅に出て行ってしまう。現実の世界は、アキオが好む好まざるにかかわらず、着実に動いていた。しかし、変わらないものもあった。マリコはゲートの向こう側から、アキオに問いかける。旅で、何を見てきたのか、何を思ったのか、と。それは、旅をしてきた人間が、ゲートの反対側の現実にいた人間に、本当に問うて欲しいことでもある。そして、旅人が自分自身に向ける問いでもある。その問いの答えを見つけたとき、旅はやっと終わる。

日本人はパスポートがある限り、世界のほとんどの国境を越えられる。お金と、時間さえあれば、どんな旅でも可能である。目的を持って出かけて、それなりの結果を出して戻ってもこれるし、アキオのように〈なあんか退屈〉と旅に出、帰り着く場所をなくした感に捕らわれ、奇妙に地に足がつかないまま戻ってくることもできる。だが、どんなきっかけにはじまり、どんな風に終わろうと、一人一人の心の中に風景が優しい息を吹きかけるとき、旅人は純度百パーセントの瓶になる。パスポートの色も、過去も、未来も関係ない、たった今のこの瞬間に存在する、純度百パーセントの旅人。〈どこかで見聞きした、気のきいた言葉を並べるより〉も、〈スゲエのひと言ではちきれそう〉になる。この旅に来て良かったと心から思う、そんな瞬間を見つけたのなら、それでいい。

私も、たくさんの蛍を見たことがある。タイの北部のホテルで、窓を開けたまま忘れて外出し、戻ってきて電気を消して寝ようとすると、視界いっぱいに広がった星空は、蛍だった。閉め忘れた窓の隙間《すきま》から虫たちは入り込み、天井に貼り付いて私の帰りを待っていたのだった。はっきりした光やぼんやりした光が、ゆっくりと点滅している。厳密に言うと、蛍以外の虫も天井にいたのだが、電気を消すとそこには蛍の星空しかなかった。たくさん形容詞のついた〈気のきいた言葉〉も、もちろん浮かんできはしなかった。星空と私。それだけの世界。新しい星座を、幾つも幾つも、私は数えた。旅の疲れが足の先から心地よく全身に広がっていくまで、幾つも、幾つも、ただぼんやりと、綺麗《きれい》だなあと思いながら、数え続けたのだ。その瞬間こそが〝旅〟でないと、誰が言えよう。

本書は一九九九年一〇月、単行本として小社より刊行されました。
初　出……「文藝」一九九九年秋号

東京《とうきょう》ゲスト・ハウス

二〇〇五年一〇月一〇日　初版印刷
二〇〇五年一〇月二〇日　初版発行

著　者　角田《かくた》光代《みつよ》
発行者　若森繁男
発行所　株式会社河出書房新社
〒一五一－〇〇五一
東京都渋谷区千駄ヶ谷二－三二－二
電話〇三－三四〇四－八六一一（編集）
〇三－三四〇四－一二〇一（営業）
http://www.kawade.co.jp/

ロゴ・表紙デザイン　粟津潔
本文フォーマット　佐々木暁
印刷・製本　凸版印刷株式会社

Printed in Japan　ISBN4-309-40760-9

肌ざわり

尾辻克彦　40744-7

これは私小説？それとも哲学？父子家庭の日常を軽やかに描きながら、その視線はいつしか世界の裏側へ回りこむ……。赤瀬川原平が尾辻克彦の名で執筆した処女短篇集、ついに復活！解説・坪内祐三。

父が消えた

尾辻克彦　40745-5

父の遺骨を納める墓地を見に出かけた「私」の目に映るもの、頭をよぎることどもの間に、父の思い出が滑り込む……。芥川賞受賞作「父が消えた」など、初期作品5篇を収録した傑作短篇集。解説・夏石鈴子。

四万十川　第1部

笹山久三　40295-X

四万十川の大自然の中、貧しくも温かな家族に見守られて育つ少年・篤義。その夏、彼は小猫の生命を救い、同級の女の子をいじめから守るために立ちあがった……。みずみずしい抒情の中に人間の絆を問う感動の名篇。

四万十川　第2部

笹山久三　40329-8

豊かな自然を背景に人間の絆を描いて感動を呼んだ『四万十川——あつよしの夏』に続く第2部。大自然に育まれた少年が友達や姉との別れを通し、大人への一歩を力強く踏み出し、成長する姿を美しい風景の中に描く。

四万十川　第3部

笹山久三　40370-0

春とともに少年あつよしにおとずれる、淡くにがい愛と性のめざめを、四万十川の大自然と、そこで苦悶する人々との交わりの中に柔らかに描き出し、より力強く自然と人間の絆にせまる感動のシリーズ第3部。

四万十川　第4部

笹山久三　40460-X

高校卒業を目前に控えたあつよしに、大いなる川との別れ、旅立ちのときが、ついにやって来た。少年時代最後のあつよしの冒険とは……。映画・テレビドラマ化され、圧倒的感動を呼ぶ好評シリーズ第4部。

リレキショ

中村航　40759-5

"姉さん"に拾われて"半沢良"になった僕。ある日届いた一通の招待状をきっかけに、いつもと少しだけ違う世界がひっそりと動き出す。第39回文藝賞受賞作。解説＝GOING UNDER GROUND 河野丈洋

美女と野球

リリー・フランキー　40762-5

小説、写真、マンガ、俳優と、ジャンルを超えて八面六臂の活躍をするイラストレーター、リリー・フランキー！　その最高傑作と名高い、コク深くて笑いに満ちたエッセイ集が、ついに待望の文庫化。

学校の青空

角田光代　40579-7

中学に上がって最初に夢中になったのはカンダをいじめることだった――退屈な日常とおきまりの未来の間で過熱してゆく少女たち。女の子たちの様々なスクール・デイズを描く各紙誌絶賛の話題作！

東京ゲストハウス

角田光代　40760-9

半年のアジア放浪から帰った僕は、あてもなく、旅で知り合った女性の一軒家を間借りする。そこはまるで旅の続きのゲスト・ハウスのような場所だった。旅の終りを探す、直木賞作家の青春小説。解説＝中上紀

小春日和　インディアン・サマー

金井美恵子　40571-1

桃子は大学に入りたての19歳。小説家のおばさんのマンションに同居中。口うるさいおふくろや、同性の愛人と暮らすキザな父親にもめげず、親友の花子とあたしの長閑な〈少女小説〉は、幸福な結末を迎えるか？

文章教室

金井美恵子　40575-4

恋をしたから〈文章〉を書くのか？＜文章＞を学んだから、〈恋愛〉に悩むのか？　普通の主婦や女子学生、現役作家、様々な人物の切なくリアルな世紀末の恋愛模様を、鋭利な風刺と見事な諧謔で描く、傑作長篇小説。

著訳者名の後の数字はISBNコードです。頭に「4-309-」を付け、お近くの書店にてご注文下さい。